本当はちがうんだ日記

穂村　弘

集英社文庫

I

目次

II

III

六

目次デザイン　名久井直子

本当はちがうんだ日記

I

エスプレッソ

私はエスプレッソが好きだ。小さなカップの底に泡立つ液体がちょっとだけ入っている。香ばしい匂《にお》いを嗅《か》ぎながら、カップにそっと口をつける。目を閉じて、ゆっくりと一口啜《すす》ってみる。苦い。舌が苦い。苦くて、とても飲めたものではない。痺《しび》れた舌を空中でひらひらさせながら、私はカップを置く。体調がいいときや元気があって「いけそう」な気がするときは、そのまま無理に飲み干すこともある。だが、おいしいと思ったことはない。たいていは諦《あきら》めて、傷めた舌を水で冷やしながら、あとはただエスプレッソの泡を眺めている。

それでも私はエスプレッソが好きだ。その理由は、素敵な飲み物だからである。本場イタリアでは、立ち飲みスタイルの地元のおじさんたちが、三口で飲み干して店を出てゆくという。またパリのカフェではパリジェンヌという娘たちが優雅な仕草でカップを傾けているらしい。

念のためにパリジェンヌをイメージしながら、私はもう一度、カップに口をつけてみる。苦い。地獄の汁のような味だ。弱気になった私は卓上のミルクと砂糖をちらっとみて、しかし、目を背ける。「エスプレッソ豆知識」によれば、本当のエスプレッソは果実の薫《かお》り、そしてキャラメルの味わいなのだという。そんな優雅な飲み物に、ミルクや砂糖が必要だろうか。そんなものを入れたら、せっかくの薫りと味がぶちこわしになってしまう。そんなことをするくらいなら、私はただこうしてエスプレッソをみつめていたい。

それにしても、私のエスプレッソがこんなに苦いのは何故《なぜ》なのだろう。果実の薫りとキャラメルの味わいの飲み物が、地獄の汁に感じられるのは何故か。それは、おそらく、私自身がまだエスプレッソに釣り合うほどの素敵レベルに達していないからだ。私の素敵レベルは低い。容姿が平凡な上に、自意識が強すぎて身のこなしがぎくしゃくしている。声も変らしい。すぐ近くで喋《しゃべ》っているのに、なんだか遠くから聞こえてくるみたい、とよく云《い》われる。無意味な忍法のようだ。

だが、と私は思う。本当は何もかもちがうのである。私は忍者ではない。私しか知らないことだが、実は、今ここにいる私は「私のリハーサル」なのである。これはまだ本番ではない。素敵レベルが低いのはそのためなのだ。芋虫が蝶《ちょう》に変わるように、或《あ》る日、私は本当の私になる。そのとき、私の手足は滑らかに動き、声はちゃんと近くから聞こえ、そして、私はエスプレッソの本当の風味を知るだろう。それは芳醇《ほうじゅん》な果実とキャラメルの味わいである。

私の本棚の一角にはカバーをかけた本たちが並んでいる。何故カバーがついているのか。それは表紙を隠すためである。カバーを外すと『魔法の時間を作る50のヒント』『自分革命の整理学』『三十代をぴかぴかに磨く』『昨日のノーは、明日のイエス』などが現れる。全てがいわゆる自己啓発本である。何故そんな本が家にあるのか。買ったのである。何故そんなことをしたのか。素敵な自分になるためだ。感銘を受けた箇所には線を引く。どの本も線だらけだ。だが、私はいっこうに素敵になっている気配がない。知らないうちに素敵になっているのだろうか。自分ではわからないが、どうもそういう気がしない。

やがて、もはや並の自己啓発では追いつかないと判断した私は、さらなる素敵への近道を求めて哲学、心理学、神秘思想などに関する本に手を出すようになった。はじめに買ったのは『いかにして超感覚的世界の認識を獲得するか』（ルドルフ・シュタイナー著）である。舌が痺れるほど苦いエスプレッソを甘いキャラメルの味にするためには、もはや「超感覚的世界の認識」に頼るしかない、と思ったのだ。本にはたちまちぐいぐいと線が引かれていった。

だが、そんな努力にも拘《かか》わらず、私のエスプレッソは今日も苦い。舌が痺れるほど苦い。地獄の汁かと思うほど苦い。おそらくは明日も苦いのだろう。そう思いながら、私は目の前の小さなカップをぼんやりみつめている。

私はエスプレッソが好きだ。小さなカップの底に泡立つ液体がちょっとだけ入っている。香ばしい匂いを嗅ぎながら、カップにそっと口をつける。目を閉じて、ゆっくりと一口啜ってみる。苦い。舌が苦い。苦くて、とても飲めたものではない。だが、と私は思う。本当はちがうのだ。エスプレッソは果実の薫り、そしてキャラメルの味わいなのである。本当の私はそのことを知っている。

現実圧

　家に帰って服を着替えようとすると、コートや上着やズボンのポケットから小銭が出てくる。左右のポケット、胸ポケット、内ポケット、尻ポケットからもちゃらちゃらと、それから空っぽの小銭入れがころんと現れる。なんなんだこれは、と思う。小銭入れが何の役にも立っていない。レジでお釣りを受け取るときに、その場で落ち着いて収納することができずに、ポケットのなかにばっと放り込んでしまうからこうなるのだ。それは男らしい乱暴さというわけではない。きちんとしまうのが面倒臭いわけでもない。なんというか、私はその間の手順というか時間の流れに耐えられないのだ。

　お金を払ってお釣りを受け取るという一連の流れのなかに、現実特有の圧力のようなものがあって、私はそれに「酔って」しまうらしい。圧力を撥《は》ね返してしっかりと行動を完遂するだけの強さが持てない。「行動を完遂」などと云《い》っても、ただ小銭を小銭入れに入れるだけなのだが、現実のあの瞬間のレジの前ではそれが難しい。せめて放り込むポケットをひとつに決めておけばいいのに、それすらできない。尻ポケットに入れたりする方が面倒だろうに、「酔って」いるのでそんなことになるのだ。

支払いのときに手が滑ってお金を落とすことがある。それが転がってレジの下に入ってしまう。そんなとき、私はそれを「なかったこと」にしてしまう。店員さんが気づいて、あら、という顔をしても、私は能面のように無表情のままである。いいんです、いいんです、気にしないでください、と心のなかで必死に唱える。そしてあとから、あれは十円玉だったろうか、百円玉か、まさか、五百円玉では、などとくよくよする。だが、お釣りを小銭入れにしまう定型の処理すらできない人間にとって、お金を落とすという不測の事態は手に余る。いつもとちがう非定型の手順を踏んでそれに対応することが怖ろしい。いや、あたまではどうすればいいかわかっている。まずは「あれ、お金が、そこに落ちて……」とでも云えばいいのだ。だが、その一言から始まる一連のやりとりが、何か、計り知れないことのように思えてしまうのだ。

世の中には無数の手順と不測の事態にまみれて二十代で会社を興す人間だっているのに、四十歳の自分はお釣りを小銭入れにしまえないとは、いつの間にこんなに差が開いたのだろう。

そもそも人間同士の自然なやりとりの、いったい何が怖ろしく、どこが計り知れないというのか。それは単なる怠惰、或《あ》るいは傲慢《ごうまん》ではないのか。そんなことを思って悩む。だが、現実に「酔って」しまうこの感覚は、やはり気のせいとは思えない。私は現実に特有の圧力、現実圧ということを考える。

例えば、人間は深海に潜ることができない。潰《つぶ》れてしまうからだ。逆に深海魚を浅いところに引き上げると破裂して死んでしまうという。生物はそれぞれにふさわしい圧力のなかで暮らしているわけだ。人間にとっては深海での生活は計り知れないものだが、深海魚の側からみれば我々の方こそ怖ろしい死の世界に生きていることになる。君たちはそんなめちゃくちゃな世界でいったいどうやって生きているのか、そう訊《き》かれても、お互いにその仕組みを説明することはできない。双方ともただ自分の世界で「自然に」生きているだけなのだ。だが、仮にその種族における「自然さ」との間にズレをもつ個体がいたら、そいつはどうなるのだろう。もしも深海魚の血の混ざった人間が存在したら？　「人間同士の自然なやりとり」は、そのような個体を「破裂」させるのではないか。

それぞれの世界にはそれぞれの「自然さ」が充《み》ちている。「自然さ」こそが現実を破綻《はたん》なく動かしているのだ。例えば、人々は、お寿司屋《すしや》さんでお寿司を食べながら、目の前の板前さんが普段は鼻くそをほじったりトイレでお尻を拭《ふ》いたりしているという事実をどう捉《とら》えているのだろう。ちゃんと手を洗っているから平気と思って納得しているのだろうか。いや、実際にはいちいちそんなことを考えずに、誰もが「自然か。怪我《けが》をして血が出たときはどうか。切れっぱなしで血は止まったとして、切れてしまった血管はどうなるのか。切れっぱなしでそのひとは血管が一本少ない人間になるのか。それとも切れた血管同士が互いに探しあってもう一度くっつくのか。別の血管が生えてくるのか。だが、実際には我々の心身はいちいちそんなことを意識したりしない。なんというか、「自然に」治っているのだ。

目の前の世界は何の問題もなく動いている。私だって寿司屋に入るし、怪我をしてもいつの間にか治って生きている。すべては我々に固有の現実圧のなかで「自然に」処理されてなんとかなっている。それにも拘《かか》わらず、時に私はその「自然さ」の全てが幻のように思えて、「酔って」しまうことがある。それは私の裡《うち》にある深海魚の血のせいなのだろうか。

愛の暴走族

何人かで夜ごはんを食べているときに、今まででいちばんこわかったことは何か、という話になった。地震、泥棒、金縛り、海外での盲腸の手術、恋人とベッドにいるときにお父さんが入ってきたことなど、さまざまな体験が語られた。

ひとりの女の子が、金魚のエサが増えてたことかなあ、と云《い》った。キンギョノエサガフエテタ……、意味がわからなくて訊《き》き返す。なんでもある晩、彼女が会社から帰ってみると、缶のなかのエサが増えていたのだという。

「気のせいじゃないの？」

「ううん。その日の朝、残り少なくなったのを、缶をかんかん叩《たた》いて使い切ったから間違いないの」

「でも、それは、つまり、どういうことなの？　超自然現象？」

「たぶん……、合鍵《あいかぎ》」

「は？」

どうやら、別れた元恋人が、彼女の留守中に合鍵で侵入して、こっそり金魚のエサを補充していた、ということらしい。

「ほかには何にも異状はなかったの？」

「うん。ただ金魚のエサだけが缶の八分目くらいまで増えてたの」

そ、それは、とみんなが息を呑《の》む。こわいね。缶の蓋《ふた》をあけて、あれ？　気のせいかな、と思ってしまいそうなところが一層こわいのである。彼は補充用のエサをわざわざ持ってきたのだろうか。

同じように部屋に入られるにしても、誕生日に貰《もら》ったアクセサリを持っていかれるとか、ふたりで写っている写真を破かれるとか、その方がまだこわくないと思う。行為としては派手でも、アクセサリや写真の場合はその背後に人間的な感情がみえるからだ。

だが、金魚のエサはそういう次元を超えて、なんだかわけがわからないレベルに達している。もしかするとそれはふたりで掬《すく》った思い出の金魚なのかもしれない。だが、その場合も、金魚鉢ごと持ってゆくとか、逆に、金魚を殺してしまうとかいう方が、まだしも自然な気がする。静かに金魚のエサを補充するというのは、なんともハイレベルな暴走だ。元恋人の部屋のなかで、さらさらと缶のなかにエサを注いでいる男のことを想像してみる。口元に微笑《ほほえ》みを浮かべた彼は既に人間を超えたベツモノになっているようだ。

そういえば、と別の女性が云った。私もいつだったか、部屋のなかにシャボン玉が浮いてたことがある。読んでた本から目を上げたら、いくつもふわふわ浮いてたの。あとから考えると、たぶんドアの郵便受けから吹き込んだんじゃないか、と思うんだけど。最初は子供の悪戯《いたずら》かなと思って。でも、どうも別れた恋人だったみたい。仲良かった頃、一度だけいっしょにシャボン玉したんだよね。ラフォーレんとこの歩道橋の上で。

私は彼女たちの話を聞きながら、元恋人たちは成仏できない幽霊のようだと思う。夜店で掬った金魚やいっしょに吹いたシャボン玉のことが、そんなにも忘れられなかったのだろうか。その想いがつのって彼らはベツモノになってしまった。

だが、彼らだけが特別なわけではない。恋愛の極限状態になると、追いつめられた人間は実に不思議な行動に出るものらしい。別れた恋人の家に、彼女から貰ったラブレターをそれらが入った引き出しごと返しにきた男の話を聞いたことがある。さぞ重かっただろう。それに引き出しごと返してしまったら、そのあと困るんじゃないか。だが、男の頭のなかは悲しみでいっぱいで、「そのあと」の世界など存在しないのである。

　私自身も暴走したことがある。学生の頃、一緒に住んでいた恋人が深夜を過ぎても帰ってこなかった。そのとき、嫉妬《しっと》の妄想に狂った私は、家中の箸《はし》をずぶずぶとぜんぶ畳に刺してしまったのだ。そして悶々《もんもん》と怒りながら眠りに墜《お》ちた。明け方帰ってきた恋人は、突き立った箸たちに囲まれて眠っている私の姿をみて「ひ」と云った。

　最近いちばんこわかったのは、携帯電話の留守録音に入っていたメッセージである。ああとそのひとは云っていた。

あだ名

小学校六年生のとき、卒業記念の文集をつくることになった。クラスの名簿を載せるために配られた記入用紙をひとめみて、私はショックを受けた。「名前」「誕生日」「血液型」「好きな食べ物」「趣味」「将来の夢」などのなかに「あだ名」という項目があったからだ。

私にはあだ名がなかった。生まれてから一度もあだ名がついたことがないのだった。いつも「ほむらくん」と呼ばれていた。自分にあだ名がないことが心の底でずっと気になっていた。

他の友達は互いに「きったん」「まーぶ」などと呼び合っている。私はそれが羨《うらや》ましかった。「ガチャ」とか「ぶるぶる」とか、変なあだ名であればあるほど、それが親しみやすさや人気の証《あかし》のようで羨ましかった。何故《なぜ》、私だけが「くんづけ」で呼ばれてしまうのか。銀縁眼鏡《ぎんぶちめがね》をかけてるからか、ピアノを習ってるからか、難しい漢字が読めるからか。

子供には当然あだ名があるものだと思い込んで、その項目を入れた担任の小川先生を私は呪《のろ》った。そして同級生をひとりひとり思い浮かべてみた。だが、怖ろしいことに、私を除いた全員にちゃんとあだ名があるのだった。名簿の「あだ名」の欄が、自分のところだけ空白になっているのを想像して、私は震えた。空白は怖ろしい光を放っていた。

今、考えれば、素直に「特になし」とでも書いておけばよかったのだ。だが、恐怖にとりつかれた私は最悪の選択をしてしまった。「あだ名」の記入欄に「ホムラ」と書いてしまったのである。

文集が出来上がって、隣の席の「かーくん」に何気なく「これ、おまえの、名前じゃん」と云《い》われたとき、私の世界は張り裂けそうだった。「だって、ないんだ、ぼくには、あだ名、ないんだ」と絶叫したかった。だが、私は「ふふふ」と笑っただけだった。何がふふふなんだ。

大学に入って初めてガールフレンドができた。だが、恋人は私のことを「はむらさん」と呼んだ。このままでは一生あだ名ができない、と私はあせった。だが恋人に向かって、「ほむりん」と呼んでくれ、とは云えなかった。

あだ名がないことをひとに知られてはいけない。あだ名がないことがばれたら大変なことになる。大学を出るまであだ名がもてなかった私は妙に存在感がなく、自信がなく、いろいろなものをこわがる大人になった。

カラオケスナックの分厚いドアの向こうからズンズン響いてくる音が怖ろしい。このドアの向こうにいる「ママさん」や「マスター」や「常連さん」が怖ろしい。このなかで酔っ払って音痴なうたを歌って楽しめる人々が不思議でたまらない。彼らはみな「きーさん」とか「たーさん」とか呼ばれているのだろう。私には入っていけないあだ名人間たちの楽しい世界。

人間界のなかで、あだ名は免疫機能のようにその人を守るのだと思う。私はあだ名の力によって守られていない。だから、カラオケスナックのズンズンがこんなに怖ろしいのだ。

いつだったか、仕事の待ち合わせに遅れて、あわてて約束の店に駆けつけた。ところが入口のドアが開かない。センサーの調子が悪いのかと思って、手をかざしたり、一歩下がってみたりする。やはり開かない。店のなかでは待ち合わせた人々がこっちをみて何かを云っている。今、いきます。待ってて、今、今、と、ますますあせって、私はタコ踊りのようなことを始めた。手足をひらひら、ぴょんぴょん、ひらひら、ぴょんぴょん。だが、ドアはびくともしない。どうして、と泣きたくなったとき、お店のひとが笑いながら、内側からドアをひっぱってくれた。手動ドアだったのだ。

あんなに長時間踊り続けるのも珍しいよなー、ふつう途中で気づくよ、うん、凄《すご》い動きだった、と口々に云われる。あだ名の力によって守られていないからだ、と私は思う。だが、俯《うつむ》いて微笑《ほほえ》むことしかできない。

　先日、上野駅のトイレに入ろうとしたら満員だった。全部の便器がふさがっているのをみた瞬間に、だめだ、と思う。私にはその後ろに並んで待つことができないのだ。くるっと振り向いて引き返そうとした私を、ちょうど入ってきたおじさんが手で遮って、ほら、空いたよ、とひとつの便器を指さした。胸が熱くなって涙が出る。おじさん、優しいおじさん。ぼく、ぼく、あだ名がないんです。

あたまたち

朝の通勤電車で吊革《つりかわ》に摑《つか》まっているときのこと。すぐ後ろで話し声がする。背中がくすぐったいような落ち着かない気分になる。聞くともなく会話を聞いているうちに、妙なことに気がついた。さっきからひとりの声だけがしていて、相づちが全く聞こえないのだ。肩越しにちらっとみると、背後には三十代くらいの女がひとりいるだけだ。俯《うつむ》いたまましきりに誰かに呼びかけている。全部ひとりごとだったのか、と思ってひやっとする。

「八年だよ。八年。毎日だよ。トイレに入るたんびに。な？」

女の声はだんだん大きくなってくる。

「八年。八年って長い時間さ。毎日だよ。な？」

もう背中がくすぐったいどころではない。後ろから何かされるのではないか、という恐怖に襲われる。だが移動したくても、満員で身動きがとれない。

「八年だよ。毎日さ。トイレに入るたんびにな？　な？」

な？　っと云《い》われても、困るのだ。八年も毎日トイレに入るたびになんだというのだろう。気になるのだが、何故《なぜ》か話がそこでぴたっと止まってしまうのだ。

車内の空気はすっかり固まっている。離れた席の人々も、それが「会話」ではないことに気づいたのだろう。空気が張りつめる。お姉さん楽しそうだねー、誰と話してるの？　なんて明るく話しかける人間はひとりもいない。

声が大きくなってゆくだけではなく、奇妙なことに、女は少しずつ訛《なま》り始める。どこの方言かわからないのだが、だんだんそれが激しくなって、しまいには「な？な？」しか聞き取れなくなる。怖ろしい。

やっと、乗り換え駅だ。電車を降りてほっとする。それにしても、あのひとは今日までどうやって生きてきたのだろう。家族が守っているのか。それとも、案外あのまま会社に行っててちゃんと仕事をするのかもしれない。通勤電車に乗ってたし、あり得ないことではない。他人からは充分壊れているようにみえても、本人は結構それなりに生きていることはあるものだ。

例えば、家の近所の本屋のシャッターには「テレビは国を滅ぼす」「みるなテレビジョン」「テレビ悪」などと大書されている。店主が自分で書いたのだ。昔の暴走族のようにスプレーを使ったらしい。殴り書きの文字はインパクトがあるが、本屋ということを考えると内容的には一応筋が通っているとも云える。「本を読め」と遠回し

（？）に云っているのだろう。

たまたま入ったローソンの店内が、張り紙だらけだったこともある。「万引きお断り」とか「静かに」とか、棚の前には「ここにもたれるな」とか、まあこちらも書かれた内容というか意味はわかるのだが、店中におフダのように散らばった張り紙の数が半端ではないし、それが達者な毛筆なのも異様である。またいわゆる個人商店ではなくてローソンというところが、なんとも凄《すご》い雰囲気を作り出している。コンビニエンス・ストアという定型的で明るい現実の上に、誰かのあたまの中身がそのまま流れ出したようなのだ。

ひとりごと女といい、張り紙ローソンといい、あたまの中身が流れ出す、というのがこういう場合のセオリーなのだろうか。

一枚でも怖ろしい張り紙はある。それをみたのは深夜の古本屋だった。無表情な初老の男性がひとりでやっている店の、殺風景な店内に、唯一の張り紙として「それ」はあった。曰《いわ》く「女子中学生は立読自由」。

もしも私が女子中学生で、立ち読みをしながら、ふと目を上げたとき、顔の前にその張り紙があったら凍りつくだろう。「立読厳禁」や「万引きは警察に通報します」ならぜんぜん怖くないのだが。

だが、ローソンにしろ本屋にしろ、張り紙の主はまがりなりにも店長や経営者である。彼らは「テレビ悪」とか「女子中学生は立読自由」とか、あたまの中身を垂れ流しながらそれなりに逞《たくま》しく生きているのだ。そう考えると、あれこれと気を遣って、しょっちゅうもう駄目だと思いながら、びくびく暮らしている自分が虚《むな》しくなる。

いや、でも、ひとつ思い出したことがある。あのとき、電車のなかでひとりごとを云っていた女と、私は一瞬だけ手が触れ合ったのだ。偶然、同じ吊革に摑まろうとして手が触れた、その瞬間に、私よりも速く、女は手を引っ込めた。電気に触れたかのような、その臆病《おくびよう》な反応は何故か心に残っている。

つるつるの絶壁

高校生のとき、トースケという友達がいた。

トースケは水泳部のキャプテンで、ルックスがよく、おまけにさっぱりした気性の持ち主で、女子にもてるだけでなく男にも人気があった。

かっこいい友達を持つと、みじめな自分との落差を感じて苦しいのだが、トースケとの付き合いはやはり楽しくて、私たちは仲良くやっていた。

ある日、彼が私の忘れ物をバイクで届けてくれたことがあった。お礼を云《い》うと、トースケはあっさりと云った。

「いいんだよ、親友じゃないか」

なんて恥ずかしいことを、と思いつつ、そんな言葉をあっさりと口にするトースケが眩《まぶ》しかった。何よりも、そう云われて胸が震えるほど嬉《うれ》しいのだった。

トースケと私は同じ路線のバスで通学していた。

卒業も近づいた高校三年の冬のこと、並んで吊革《つりかわ》に摑《つか》まりながら、私はふと思いついて訊《き》いてみた。

「なあ、トースケ、この三年間にバスのなかで女の子から何通手紙貰《もら》った？」

突然の質問に、トースケはちょっと驚いたように云った。

「え、わかんない、二十個くらい？」

その瞬間、あたまに大きな音が鳴り響いた。

がーん（やっぱり）がーん（やっぱり）がーん（やっぱり）がーん（やっぱり）がーん（やっぱり）。

そう、それは「がーん」でありつつ「やっぱり」なのだった。

勿論《もちろん》、私は一通も貰ったことはなかった。ラブレターを「個」で数えるような奴《やつ》が二十個も貰えて、ちゃんと「通」で数えられる俺《おれ》は〇通。羨望《せんぼう》と嫉妬《しっと》と納得で、私は混乱していた。

女子って本気を出すとそんなに積極的なのか、とショックを受けつつ、しかし、心の奥ではちゃんとわかっていた。女の子がそういう生き物に思えないのは、私が「私」だからなのだ。

彼女たちにとって私は、バスの車内の吊革や椅子《いす》と同じような存在なのである。いや、摑まったり座ったり出来ない分、それよりも価値がない。吊革や椅子以下のものに対して、特別な視線を投げたり、それ以上の行為に出たりする筈《はず》がないのだ。

そんな彼女たちは、トースケに対しては全く別の生き物になる。私は知っている。家庭科の実習でつくったケーキをトースケのところにもってくるとき、下級生の女子がみせる恥ずかしそうな笑顔と貪欲《どんよく》な目の煌《きら》めきを。

そしてトースケ本人は、不思議なほどその様子に気づいていないようだった。そういう無頓着《むとんちゃく》なところが女子に愛されるのか。それとも、自分に縁のない出来事に対して私の方が過敏になっているのか。それは答の出ない、そしてどちらでも結局は同じことになる虚《むな》しい問いだった。

同じ制服を着て同じ時間に同じ路線の同じバスに乗っていても、トースケと俺は吸っている世界の空気がちがうんだ、と私は思った。

私がこのバスにあと五百年乗り続けたとしても、二十通のラブレターは貰えないだろう。何かの間違いでそういうことがあっても、せいぜい二、三通か。五百年あれば、その間には大地震だって起こる筈だ。つまり、私にとって女子からのラブレターとは、天変地異と同じレベルの出来事なのだ。

私は自分の鼻先に垂直に切り立った巨大な壁を感じた。「女」という名の、つるつるの絶壁だ。これを登れって云うのか。私は絶望した。手をかけるところも、足をかけるところもないじゃないか。

この時点で、私は自分の方から女の子に手紙を出すことなど考えてもいなかった。

仮に考えたところで、つるつるの絶壁を前にしては、一歩も動くことは出来なかったろう。

それがどんなジャンルの事項であれ、例えば、六十七勝七十三敗からの一敗は何とかいうこともない出来事だ。そこからさらに三連敗してもなんとか耐えられるだろう。だが、〇勝〇敗からの一敗は怖ろしい。三連敗などしようものなら、自分はこのまま生涯一勝もできずに終わるのではないか、という恐怖に囚《とら》われてしまう。その予感が私を動けなくする。

神様、私にまず一勝をお与え下さい。そうしたら、そのあと負けが二つ続いても耐えられると思うのです。お願いですから、まず最初の一勝を。

勿論、神様はそんなに軟弱な願いをきくほど暇ではない。餓死する赤ん坊が沢山いるこの世界のなかで、毎日菓子パンを食べている私にラブレターを与える余裕などあるわけがないのだ。圧倒的な絶壁を見上げたまま、私は丸顔を歪《ゆが》めていた。

優先順位

自宅から二時間近くかかる会社に通いながら、原稿を書いているので、いつも時間が足りない。通勤電車のなかでは『奇蹟《きせき》の時間管理術』とか『スキマ時間でなんでもできる』とか『できるあなたは時間に強い』とかいう本を読んで時間を増やす勉強をしている。

会社が終わって、それから編集者と打ち合わせをして帰ってくると、もう夜中である。私は部屋に入るなり、パソコンを立ち上げて、ネット・オークションを覗《のぞ》く。

おっ、やった。「激れあ！　デッドストック【セイコーデジアナ時計】初期のリューズタイプ」がとうとう俺《おれ》の手に。うっ、「初代スピードマスター（ジウジアーロ・モデル）箱付き」の値段がこんなに吊《つ》り上がってる。高い、高すぎる、狙《ねら》ってたのに。

目当ての腕時計たちを巡って一喜一憂しているとき、あたまのなかで、こんなことをしている場合ではない、という声がする。おまえは今、締切を一週間以上過ぎた原稿を四本抱えていて、二日寝ておらず、五日お風呂《ふろ》に入っていない。しかも明日もあさっても会社がある。こんなことをしている暇があったら、原稿を書け、いや、その前に少し眠らないと躰《からだ》が壊れる。それにおまえ、ちょっと臭いぞ。

だが、私は右手をマウスから離すことができない。瞬《まばた》きさえ惜しんで、ディスプレイを凝視しながら、望みの腕時計を探し続ける。あたまのなかの声は、あきれたように云《い》う。あのなあ……、せめてコートを脱いで、さっきから我慢しているトイレに行ってこいよ。だが、躰が動かない。部屋の灯《あか》りもつけず、コートも脱がず、おしっこも我慢して、電話回線の遅さにいらいらしながら、ネット・オークションに齧《かじ》りついている私の目は血走り、膀胱《ぼうこう》はぱんぱんだ。

空が明るくなってくるのを怖れながら、握ったマウスを机に叩きつけて滑らせる。「【超絶アナログクオーツV６８１】サーキットクロノ・美品・世界最速」に一万八千円、いや、二万三千円、いや、二万七千円だ。寝不足の躰は燃えるように熱い。ちりちりした焦燥感に包まれて、どんどん目が冴《さ》えてくる。世界が、ちりちりりだ。

時間管理についての啓発本では、必ず「優先順位」の重要性が説かれている。時間を無駄にしないためには物事に優先順位をつけて、それがより高いものから手をつけることが大切です。わかっている。私は時間管理本を五十冊読んだ男だ。だが、気がつくと私の優先順位は完全に狂っている。「★新品1円!!　☆逆輸入ＳＥＩＫＯクロノグラフ美しいエメラルドグリーン」のために原稿を落としたら、編集者は怒るだろう。ぱんぱんになった膀胱が破裂したら、みんな驚くだろう。私だって驚く。何故《なぜ》こんなことになったのか。

おそらく話は逆なのだ。締切の原稿を抱え、睡眠不足で、お風呂にも入れず、明日もあさってでも会社だからこそ、ネットの世界にずぶずぶと沈んでしまうのである。学生の頃、試験前になると普段はしないような部屋の掃除を始めたものだが、あれがひどくなった状態だ。ひとは追い詰められると優先順位が狂う生き物なのではないか。

そんな自分の体質のせいか、私は極端に優先順位の狂った人間というものに関心がある。アルコール依存症、ギャンブル依存症、買い物依存症、恋愛依存症、殺人依存症等々。壁一面に、被害者の血で「誰か俺をとめてくれ」と書き残した連続殺人鬼の話をきいて、凄《すご》いなあ、と感銘を受ける。暗い部屋でコートのまま、おしっこを我慢しながら、時計のオークションに入札し続けるくらいはまだまだだ。

ところが先日、そんな風にして手に入れた大切な腕時計に、傷をつけてしまった。車のなかで女の子といちゃいちゃしていたせいだ。帰り道でひとりになったとき、時計の傷に気づいて、思わず舌打ちする。「ちっ」という音にちょっと驚き、不安になる。こんなことで舌打ちするなんて、大丈夫か、俺。

時計の傷は光線に透かしてやっとわかるほどの小さなものだ。それなのに、こんなにショックを受けるとは、なんてみみっちさだ。正しい恋とは、そんなものじゃないだろう。いちゃいちゃに夢中になって、時計なんか傷だらけになっても、気づきもしないってのが本当じゃないか。

　だが、時計の傷がどうしても気になる。気になるのだ。いつの間にか、愛の優先順位までが狂い始めているのかもしれない。いっそのこと今度から車でキスするときは、その前に予《あらかじ》め腕時計を外してポケットに入れることにしようか。そこなら絶対傷つかない。そんな風に云ったところ、友人で漫画家の吉野朔実《よしのさくみ》さんに、でも、それ、殺しの前に必ず手袋を塡《は》める殺人鬼みたいで気持ち悪いよ、と云われた。本当ですね。

世界の二重利用

私は毎朝、青竹を踏みながら歯を磨いている。青竹はいぼいぼのついたプラスチック製のものだ。このいぼいぼが土踏まずを効果的に刺激することによって、健康を増進するのだが、その間に上半身の方では歯も綺麗になっているというわけだ。時間の有効活用である。これ以外にもポピュラーな一石二鳥としては、トイレに座って本を読む、通勤電車のなかで英会話のテープを聴くなどが挙げられる。

一石二鳥と云《い》えば、いつだったか、女性雑誌が「セックスできれいになる」という特集を行ったことがあった。もしもそれが本当なら、美容体操の存在意義がなくなるほどの一大事である。何故《なぜ》なら美容体操は辛《つら》いが、セックスは気持ちが良いからだ。気持ちが良いうえにきれいになれるとはたいへん得だと思って記事を熟読したのだが、セックスできれいになれるのは、どうやら主に女性であるらしく、男はたいしてきれいにならないようで、残念だった。だが、この理論に基づいて、女性たちがたくさんセックスをするようになれば、必然的に男性側にもセックスの機会が増えることになり、やっぱり一大事だと思い直した。

そう云えば、学生時代に英文学科の劣等生だった私は、外国人の女性とつき合いたいと思っていた。男女交際をするなかで、自然に外国語も学べて得だからである。それなら私はマッサージ師とつき合いたい、と云った肩こりな女子学生がいたが、それは邪念というものだろう。何故なら外国人は自然に外国語を話すが、マッサージ師は自然にマッサージをするわけではないからである。

また日常生活のなかには、どうしても出来てしまう空白のスキマ時間というものがある。それについても私は効果的な利用法をいろいろ考えて試してみた。いちばん良かったのは、指回し健康法だ。これは道具もいらず手軽である。その場でただ指をくるくる回すだけで、無駄なスキマ時間を埋め尽くすことができる。

効果としては、指先を使うと惚《ぼ》けにくいというし、体も柔らかくなるらしい。ピアニストたちが惚けないのはそのためだということだ。ピアニストでない我々も指回しによって同様の効果を期待できる。唯一の欠点は周囲の人々に変な目でみられることだが、これも工夫次第で解決可能である。例えば、電車の座席に座っているときなどは、上着を脱いで膝《ひざ》の上におき、その下で指を回すとよいだろう。

一方、空間の利用に目を移すと、文字通りスキマ家具というものがある。これを利用することで本来は使い道のない場所に、たくさんの靴が置けたりして、生きた空間に変わるのである。最近は、スキマ家具の種類もたいへん豊富になっており、おしゃれなデザインのものも増えている。好みのものを利用すると良いだろう。

先日、久しぶりにテレビでプロ野球のナイトゲームをみていたら、球場の宣伝看板が時間によって変化していることに気づいた。昔は、テレビカメラの固定位置から、試合のあいだじゅうずっと同じ看板を映していたものだが、最近は時間によって、バッターボックス横の看板がひっくり返るようなのだ。

さっきまで育毛剤の宣伝だったのが、気が付くとコカ・コーラの宣伝になっている。自分のあたまが狂ったのかと思って、最初はびっくりしてしまった。だが、あたまが狂ったのではなく、看板がひっくり返ったのである。これはテレビというメディアを媒介にすることで、空間の二重利用が結果的に時間の二重利用にもなっている例だ。二かける二は四重利用である。どこの智恵者《ちえしゃ》が考えたんだろう、と思わず感心する。

時間と空間の有効利用について、さまざまなアイデアを述べてきた。この問題に関する自己努力の重要性は云うまでもないが、ときにこちらが意図しない、いわば偶然の有効活用に出逢《であ》うことがあると、喜びもひとしおだ。

例えば、たまたま乗り合わせた新幹線「のぞみ」の車掌さんが女性だとたいへん得をした気持ちになる。切符を拝見、とにっこりされると、心がうきうきするようだ。見慣れぬ制服姿もなんだか興奮する。これは世界の有効利用について日頃から努力を怠らないことに対する天からの褒美だと思う。このような女性車掌の登用は男女同権の立場からも望ましいことだろう。

通勤の地下鉄のなかで、通信販売のカタログを眺めながら、スキマ家具の新作を比較検討していると最高に楽しい。自分が今、時間的にも空間的にもきわめて得なことをしているという実感があり、それによって脳からどくんと快感の液が出るからである。そのままふと目をあげると、車窓に映った自分が本当に笑っていて、一瞬、凍りつく。なんて醜い笑顔なんだ。

素敵側へ

マネキンが着ている服をみてかっこいいなと思う。

早速買って帰って自分が着てみると、余りにも印象がちがって驚く。マネキン着用時にあんなに素敵だったシャツが、鏡のなかでへたっと死んでいる。これは、と私は思う。やはり僕のせいなんだろうな。だが、馬子にも衣裳と云う諺《ことわざ》はいったいどうなったんだ。

電車のなかでエレガントなひとをみると目で追ってしまう。かっこいいひとやきれいなひとをみると、どうやってそうなったのか知りたいと思う。

会社で部下の女性に向かって、仕事じゃないんだけど、と断ってから尋ねてみる。かっこわるい男がかっこよくなるにはどうすればいいと思う？

彼女は一瞬考えてから、そういうのは生まれつきなので、どうしようもないと思います、と云った。

やっぱり、と半ば頷《うなず》きつつ、でも、どこかに方法があるのではないか、となおも考えてしまう。例えば、そうだ、最初はそれほどでもなかった芸能人がみるみるきれいになったりするではないか。

課長、かっこよくなりたいんですか、と部下の女性は云った。

そうなんだ、と答えると、そうですか、と彼女は視線を逸《そ》らした。

ほら、最初はそれほどでもなかった芸能人がみるみるきれいになったりするじゃないか。

そうですね、と彼女は俯《うつむ》いたまま呟《つぶや》く。

私は激しい無力感に襲われながら、ここで脱力しては駄目だ、と自分に云いきかせる。ここで脱力させてあきらめさせようとするのが、世界のいつもの手なんだ。その手には乗らないぞ。わけがわからなくても、とにかく夢に向かってスタンプを集めるのが大事なのだ。

先日、数人で食事をする機会があったのだが、たまたまそのなかに高名な音楽プロデューサーの方がいた。

そのひとが「短歌や詩の言葉は……」と話しかけてくれたとき、私は、チャンス、と思って、折角振ってくれた話題を振り切るように尋ね返した。

「芸能人が急にきれいになったりするのは、陰で努力しているからですか？」

「え、それは」と、そのひとは面食らいつつ、しかし、穏やかに応《こた》えてくれた。

「もともとの素質もありますけど、努力もしていますね」

「細かい努力を、沢山?」

「はい、睡眠時間を削って最新のダイエット理論を教えるスクールに通ったりしてるみたいです」

「やっぱり」

「ええ」

「じゃあ、細かい努力を積み上げれば、誰でも或《あ》る程度素敵になれるんですね」

「歯並びを良くするために、ぜんぜん悪くない歯を抜いて、全部差し歯にする子もいますよ」

十代の女の子がぜんぜん悪くない歯を全部差し歯に……執念か。うう、だめだ。私は意志が弱い。布団のなかで自分に都合のいい夢をいつまでも反芻《はんすう》することはできるのだが、そのための現実的な努力は苦手なのだ。

私の野望は「差し歯」の壁に阻まれてストップしてしまった。

そんな話を知り合いの女性にしたところ、ほむらくんはけっこう女の子にも好かれてるからいいじゃん、と慰められる。うじうじしててかわいいとか云われて。

ちがう、と私は思う。

異性に好かれる、ということと、かっこよくなったりエレガントになったりするのは別の問題なのだ。

かっこよくなくてもエレガントでなくても、異性に好かれることはできる。町を歩けばその実例を沢山みることができる。うわ、なぜこのひととこのひとが、と驚くことはちっとも珍しくない。

かっこわるい人間がかっこよくなることの困難に比べれば、かっこわるいまま異性に好かれる方がずっと簡単だ。当事者である相手さえ説得できればいいのだから。

だが、素敵でない人間がラインを超えて素敵側へいくのは全くちがう次元の出来事。それこそが私の夢なのだ。

誰もみていないときにもうつくしい。そんなひとに憧《あこが》れる。

レストランや電車のなかにひとりで、しかし、口元に微《かす》かな笑みを浮かべた女性がいると、思わずみつめてしまう。そのひとが席を立つと、つられて自分も立ち上がりそうだ。

俺《おれ》もつれてってくれえ、と云いながら、「前へならえ」のかっこうのまま、あとについていきたくなる。

どこまでも、どこまでも。

どこにつれていって欲しいのか、私にはわからない。

そのひとが知っているのだ。

リセットマン

先日、電車のなかでぼんやりしていたとき、凭《もた》れたドアに文字が書かれていることに気がついた。

「便になるまで」離さない！

思わず、びくっとして体を離す。改めて見直すと、その一文の全体はこうだった。

食べた油分・糖分をマイクロカプセルに閉じ込めて「便になるまで」離さない！

どうやら何かの宣伝らしい。細かい説明部分を読んでみる。

脂肪の蓄積を阻止！

ステーキ一枚食べても摂取したカロリーは豆腐一丁程度！

ああ、そうか、と思う。これはダイエットサプリメントの広告だ。そのサプリメントには「食べた油分・糖分をマイクロカプセルに閉じ込めて」そのまま排泄《はいせつ》するという機能があるらしい。「『便になるまで』離さない！」とは、そういう意味なのだ。

要するに、自分が食べ物を食べたという事実をリセットして「なかった」ことにしてしまうというわけだ。「ステーキ一枚食べても摂取したカロリーは豆腐一丁程度」とあるから完全に「なかった」ことにはできないようだが、それにしても本当なら凄《すご》いことである。ダイエットマニアの私は感心して、昼下がりの電車のドアを熟読してしまう。

食べたという事実が「なかった」ことになるというのは、ダイエット法として確かに画期的だ。だが、と私は思う。世界には餓えて死ぬ人々がいる。その人たちにこの広告をみせたら、なんと云《い》うだろう。そう考えて、なんだか空怖ろしい気持ちになる。と、怖ろしがりつつ、手帳を出して「『便になるまで』離さない！」を売っている会社のURLをメモしてしまった。食べたという事実が「なかった」ことになる魅力に抵抗できなかったのだ。私はリセットが好きである。

私は今年四十一歳になるのだが、結婚したことがなく、子供を持ったことがなく、いずれも「なかった」ことにするのが困難な項目だからだ。何故《なぜ》こわいのか、それらはいずれも「なかった」ことにするのが困難な項目だからだ。

実際に試してみて、もしもうまくいかなかったらどうしよう、と思うのだ。結婚したあとでもっと好きなひとができたら、どうするのか。家を買ったあとでローンが払えなくなったり奥さんとうまくいかなくなったら、どうするのか。子供を作ったあとで可愛いと思えなかったら、どうするのか。

ちなみにこわい順番に並べると、子供を持つ＞家を買う＞結婚する、となる。これはつまりリセットの困難さの順である。結婚はまだいい。お互いの合意があれば離婚というかたちで解消できる。だが家は一旦《いったん》買ってしまったら、簡単には売ったりできなさそうだ。さらに子供に至ってはリセット不可能だ。いったんこの世に生まれてしまったら「なかった」ことにはできない。子供を裸にして全身を隈《くま》なく調べても、どこにもリセットボタンはついていない。いちばんこわい。

結婚して家を買って子供を育てているひとをみると圧倒される。地獄の住人のように思えるのだ。私がそう云うと、地獄って何を失礼な、昔はそれが普通だったんだよ、今だってそれが普通なんだ、と云い返される。そうなんだろうか。私にはその勇気が信じられない。

そもそもリセットなんて幻想なんだ、とも云われる。誰もが死という大前提に向かって引き返せない時間を生きてる以上、リセットなんて本当にはあり得ない。生きることの意味や素晴らしさはリセットできないことの中にこそあるんだ。リセットできる人生なんてゲームと同じじゃないか。第一、実際にやってみる前からそんなことといちいち考えてたら何にもできないよ。

そんなことない、と私は心のなかで反論する。私にもできることはある。例えばスターバックスのカウンター席でカプチーノ（無脂肪ミルク熱め）を啜《すす》りながら、『不思議の国のアリス』を音読するとか。

こ・ん・や・は・あ・た・し・が・い・な・い・ん・で、ダ・イ・ナ・が・さ・ぞ・さ・び・し・が・る・だ・ろ・う・な（ダ・イ・ナ・っ・て、ネ・コ・の・な・だ）。か・わ・い・い・ダ・イ・ナ！　あ・ん・た・も・い・っ・し・ょ・に・お・ち・て・く・れ・れ・ば・よ・か・っ・た・の・に。

俺《おれ》についてこい

「猟銃をもった暴漢が自宅に侵入してきたら、俺は妻と子供たちを守って戦う。真っ先に撃たれる覚悟がある」と友人Kは云《い》った。「だから普段は浮気をしてもいいんだ」

思いがけない結論に、私は驚いた。そんな考え方があったのか。

でも、現実に「猟銃をもった暴漢が自宅に侵入して」くる可能性はかなり低いから、「普段は浮気をしてもいい」分丸儲《まるもう》けじゃないだろうか。

それに「普段は浮気をしてもいい」って云うのは、たぶん夫婦間の合意じゃないと思う。それはKの一方的な信念（？）に過ぎないのではないか。この主張からもわかるように、彼は最近少なくなった「俺についてこい」タイプである。

周囲の女友達に「『俺についてこい』タイプはどう？」ときくと、「ぜったい、ヤ」という声が圧倒的だ。だが、実際にKをみていると、けっこう女性にもてているようだ。「ぜったい、ヤ」と云いつつ、案外そうでもないということだろうか。それとも私の周りには特別に沢山の「ぜったい、ヤ」なひとが集まっているのか。そういえば私は「俺についてこい」タイプからはほど遠い。「僕を守って」タイプだ。

以前、雑誌の取材で好きな女性のタイプを訊《き》かれて、「山で熊《くま》に襲われたときに僕を守って戦ってくれるひと」と答えたら絶句された。でも、「山で熊に襲われ」る可能性もかなり低いと思う。そういう問題じゃないか。

Kの例からもわかるように、一般に「俺についてこい」タイプは、女性を守ろうとする習性があるようだ。俺は逃げない。俺はやる。暴漢と戦う。熊と戦う。おまえを守る。守るぞお。だが、その覚悟には多分に独りよがりな面があるので、ニュアンスに敏感な女性には敬遠されることになる。

阪神大震災のとき、がーんと揺れた瞬間に、隣で眠っていた旦那《だんな》が自分の上に覆い被《かぶ》さってきた、という話を聞いたことがある。

「どうして、覆い被さってきたの？」

「あたしを守ろうとして」

「それは、感動したでしょう？」

「ううん、重かったから、どいてもらったわ」

このケースでは、男の行動は決して独りよがりではない。立派なものだ。咄嗟《とっさ》の行動には真心が表れると思って、私は尊敬するのだが、それでも女性のタイプによっては喜ばれないのだ。

尊敬すると云いつつ、一方では「重かったから、どいてもらったわ」という女性がいることに、私はほっと胸を撫《な》でおろす。「僕を守って」な私には、女性を守ったり思いやったりする気持ちと能力がゼロに近いからだ。

以前、女友達が風邪《かぜ》で寝込んだことがあった。私はお見舞いにいこうと思ってコンビニエンス・ストアに寄った。だが、寝込んでいる女性に何をもっていけばいいのかまったく思い浮かばない。困った私は「ペヤングソースやきそば」と「焼そばU.F.O.」をレジにもっていった。

「これ、お見舞い」といってそれらを袋から出したとき、彼女は一瞬、悲しそうな目をした。

「ありがとう。でも、ごめんなさい、私、今ちょっとそれ食べられないわ」

「え、そう?」

「よかったらほむらさん召し上がって」

「う、うん、じゃあ」

「今、お湯を沸かすわね」

彼女はふらふらしながら台所に立った。

私は彼女がつくってくれた「ペヤングソースやきそば」と「焼そばU.F.O.」を、ふたつとも食べて帰ってきた。

あとから考えてみると、私はそのとき、とてもソースやきそばが食べたかったのだ。自分の恋人に対しては、私の態度はさらに悪くなってしまう。学生の頃、いっしょに暮らしていた恋人が寝込んだとき、高熱に苦しむ恋人にキスをしてしまったことがある。私はとてもセックスがしたかったのだ。恋人の唇は熱かった。

やがて満足した私は恋人の枕元《まくらもと》に缶ジュースを並べると、友達の家に麻雀《マージャン》をしにいった。その家に二泊して、そろそろ治ったかな、と思って、おそるおそる部屋に戻ると、恋人は元気になっていた。

「治ったから、遊びにいこう」と恋人は云った。

「うん」と私は云った。

恋人の運転する車で私たちは海に行った。手をつないで海の青さをみていると、暴漢も熊も地震も風邪もこの世に「ない」ように思えるのだった。

みえないスタンプ

先日、友だちと夜御飯を食べていたとき、ダイエットの話になった。彼は自分の体験をこんな風に語ってくれた。

「カロリー計算をして食べ物に気をつけて、毎晩一時間ずつ歩いてたんだ。でも全然体重が変わらなくて変だなーと思ったけど、そのまましばらく続けてたら、三ヶ月を過ぎたあたりで急にするすると落ち始めて、一週間位で学生時代の体重に戻ったよ」

それを聞いて私はとても驚いた。体重が突然落ち始めたことにではない。まったく効果が現れないことを三ヶ月も淡々と続けたセンスに驚いたのだ。

「え、だって何かがうまくいくときはそういうものだろう？」と穏やかに笑っている友人を、じっとみつめてしまう。こいつがダイエットを続けられたのは「努力」や「根性」のせいではない、と思う。進んでいる方向が概《おおむ》ね正しいこと、そして成果はある日突然現れることを感じ取る「センス」の問題なんだ。

そういえば、そういうことは今までに何度もあった気がする。特定の目的や願いのために日常のなかでいろいろ試したりこつこつ頑張っても、ふわふわしてちっとも手《て》応《ごた》えがなかったくせに、あるときそれが、自分にはみえない角度から不意に実現したり達成されることがある。私にはわけがわからなかったが、確かに「何かがうまくいくときはそういうもの」だった。あれはいったいどういうことなんだろう。

その逆の場合もあった。学生時代のある日、私はなんの気なしに、飲んでいたコーヒーのカップをソーサーに戻さずにテーブルの上にとんと置いた。その瞬間、目の前のガールフレンドが狂ったように叫び出したのだ。どうして、カップをそんなところに置くの、どうして？　どうしてそうなの？　私はびっくりしておろおろして、そして、そのままふられてしまった。カップをソーサーに戻さなかったせいで……、怖ろしい。

普通に考えればこれは、私のそういう無神経な行動に対して日頃から我慢に我慢を重ねていたガールフレンドが、その日、ついに堪忍袋の緒を切ったということになるのだろう。

だが、その瞬間の手応えというか印象は、どうも少しちがっていたような気がするのだ。あの怒りはまるで天から降ってでもきたかのような、彼女自身にとっても思いがけないものにみえた。

もしかすると、あれは「スタンプがたまった」んじゃないか？

世界のどこかにみえないスタンプ帳があって、我々の発言や行動のひとつひとつによって、自分でも気づかないうちにスタンプが押されてゆく。ひとつふたつ押されても、しばらくはなんの変化もない。だが、予《あらかじ》め決められた個数がたまったところで、スタンプは景品に変わるのである。例えば、ダイエットの場合なら急に体重が落ち始める。

色違いの「負」のスタンプもあって、こちらは規定の個数がたまると「負」の景品になる。例えば、目の前の恋人が急に叫び出す。

「正」のスタンプは押して欲しいけど、「負」のスタンプは見逃して欲しいというのが私の希望だが、そううまくはいかない。どこかで誰かがちゃんとスタンプ帳の管理をしているのだ。だが、何を云ったりやったりするとスタンプを何個押されるのか、規定の個数とは何個か、わからないところが困ってしまう。

私は女の子とキスをするとき、「好き？」とか訊《き》かれたりするのが嫌で、性欲だけのキスがしたいのだが、その瞬間に、む、これで「負」のスタンプが一個か、とちょっと不安になる。内心びびりながらも、スタンプ帳なんて本当にはあるもんか、仮にあったところで女の子だって楽しむんだからおあいこだ、と舌を絡める。と、その考えを察知されて「負」のスタンプが一気に十個押されるのか。いや、スタンプ管理者は忙しいはずだから、発言や行動はともかくひとりひとりの考えまではチェックしてないだろう。どんなキスでもキスはキスだから「正」も「負」もあるまい。それとも、実はスタンプ管理は外部の誰かがやっているのではなくて、個々の人間の「中」で自動的に行われるような高度なシステムをとっているのか。それはまずい。いや、しかし……、などと無限に自問自答してしまう。

今までの実感からすると、どうやらスタンプは本当に個体の「中」で自動的に管理されているようなのだ。最近、改めてその精度の高さを思い知らされる出来事があった。性欲だけのキスを何度も繰り返して、これが「負」ならもう随分スタンプがたまったはずだけど、別になんにも起きないぞ、と思ってほっとしていた私は、最近の自分の写真を眺めていて、怖ろしいことに気がついた。笑顔が醜いのである。

「撮りますよ」と云《い》われて、カメラのレンズを意識した写真では普通に笑っているのに、撮られていることに気づかないときの自然な笑顔は、どれもこれも驚くほど醜いのだ。これか、と思って手が震える。これか、これなのか、性欲キスの色違いのスタンプをためた者に対する「負」の景品は。

結果的ハチミツパン

夜中にお腹《なか》が空《す》いて目が覚める。

半分以上眠ったまま、むくっと起き上がり、ふわふわとキッチンに漂ってゆく。

冷蔵庫の引き出しをあける。食パンを一斤発見。

その場でばりばりと封を開けて、一枚を抜き取り口にくわえる。ビニールのぱっくり口を開けた方を下にして、ひっくり返す。「封」のつもりだ。

冷蔵庫を閉めようとしたとき、奥の方にハチミツの瓶を発見。うおっ、と思って引っ張り出す。

食パンを口にくわえて、ハチミツの瓶をひんやり腹に抱いたまま、暗闇《くらやみ》のなかで、かちゃかちゃと食器棚をあさる。

スプーン、スプーン、と思いながら、手に触れたものを順々にひっぱりだす。フォーク、ナイフ、フォーク、フォーク、フォーク、栓抜き、ナイフ。スプーンがない。スプーンがないよう。スプーンのない家？

口にくわえた食パンが唾液《だえき》でへろへろしてきたため、スプーンはあきらめて、果物ナイフを一本持ってベッドに戻る。

ベッドに腰掛けて、食パンにハチミツを塗ろうとする。明るくすると完全に目が覚めてしまうので電気はつけない。眠りながらハチミツパンを食べるのが幸福なのだ。だが、うまく塗れない。果物ナイフで冷たい食パンに冷たいハチミツを塗るのは、とても難しい。机のライトを点《つ》けてハチミツを溶かそうか、と一瞬思う。でも、眩《まぶ》しくなる。眩しいのは嫌だ。私は普通にハチミツパンを作ることをあきらめる。

その代わりに、冷たいハチミツを水飴《みずあめ》のようにナイフに絡めて、のーっと持ち上げる。それを前歯で、あんぐっと噛《か》み千切り、すかさず食パンを口に押し込む。口のなかで両者を混ぜることによって、結果的にハチミツパンを作製するのだ。

ハチミツを噛み切って、あわててパンを食い、口のなかで混ぜる、ことを繰り返す。ハチミツと食パンの量のバランスが難しい。最後の一口はベッドにもぐって目をつむったまま、もぐもぐと口を動かして味わう。一瞬の幸福。

手がべたべたしてきたので、懸命に嘗《な》める。でも舌にもハチミツが残っているらしく、嘗めても嘗めてもべたべたがとれない。やむなく目を閉じたまま机の辺りをかき回して、最初に手に触れた紙で拭《ふ》く。それがゲラや資料でないことを願う。

気がつくと、なんだか、首がべたべたしている。手のべたべたはわかる、ナイフやパンを摑《つか》んだから。でも何故《なぜ》、首が。首では何にも摑んでないのに。べたべた、首、何故、と苦しく思いながら、そのまま眠ろうとする。眠ってしまえば、何もわからなくなる。

懸命に眠りの世界に逃げ込みながら、今夜のハチミツパンは、最高のハチミツパンから数えて何番目くらいだろう、と思う。

トーストされた食パン。柔らかいハチミツ。塗りやすいスプーン。手がべたべたにならないように置かれたナプキン。温かい紅茶の湯気。恋人の笑顔。最高のハチミツパン。ぼくのハチミツパンは、最低から数えた方がはやいかもしれないな。

本当はわかってるんだ。

食パンをひっくり返しただけじゃ、「封」にはならないってこと。

でも、ちゃんと「封」をするのはめんどくさい。

風呂《ふろ》からあがって体を拭くのもめんどくさい。

濡《ぬ》れた体で移動するので廊下がだっちだっちになる。濡れた手で触った本がしなしなになる。

目先の欲望に簡単に負けるから、結果的に後からつけを払うことになるのだ。

べたべたの指をぺろぺろ嘗めて、でも、きれいにならなくて、ゲラで拭くなんて、動物か。

島崎藤村は決してそんなことしないだろう。

俺《おれ》はエレガントじゃないな、と思う。

俺はエレガントじゃない。

残念だ。

毎朝やってるのに、私が改札に定期券を通す動きは無様である。

エレガントなひとは、初めての動作をするときもエレガントだ。

エレガントな友だちができると嬉《うれ》しくて、仕草を真似《まね》ようとするが、うまくいかない。どこから真似ていいのか、わからないのだ。

エレガントな友だちに、夜中のハチミツパンのことを訊《き》いてみる。

え、でも、歯を磨いたあとはものを食べないから、という答。

レベルがちがいすぎる。

うっかり八兵衛《はちべえ》が風車《かざぐるま》の弥七《やしち》になれないように、エレガントでないものは一生エレガントの世界にはいけないのか。

目の前のひとは、ひっくり返す「封」や机のライトで溶かすハチミツや首の謎《なぞ》のべたべたやそこから眠って逃げることを、全然知らないのだ。

不思議だ。

じっと顔をみてしまう。

ツナ夫《お》

朝、会社に着くと、まず上着を脱いでハンガーにかける。それから机に向かってメールのチェックや書類の整理などを始める。

途中でふわふわとハンガーのところに行って、上着のポケットからアーモンドを出して口に入れる。

何故《なぜ》、そんなところにアーモンドが入っているのか。通勤の途中に、秋葉原駅のキヨスクで買っておいたのだ。

私はアーモンドやマカダミアナッツやピスタチオや胡桃《くるみ》などのナッツ類が好物なのだ。

ナッツたちはおしなべて脂肪分が高く、嚙《か》み砕くと、口のなかに豊かな幸福感が広がる。

私はそれらをすぐに嚙んでしまわないで、机に戻ってからもしばらく口のなかで転がしている。時折、軽く歯を立てながら、いつまでも楽しむ。

そんなとき、目の前の電話が鳴るとあせる。

口中から取り出したアーモンドを、ひとまずティッシュの箱の上に避難させて受話器を取る。

「はい、私ですが、はい、どういったご用件でしょう」

濡《ぬ》れたアーモンドをみつめながら、口からはぺらぺらと言葉が流れ出す。

「はい、あ、こちらは本社ではございませんので、はい、はい、ニーズがございませんので、はい、はい、ニーズがございませんので、はい、はい、ニーズがございませんので、はい、はい、全くございませんので、はい、他を当たってください、はい、すみません」

電話を切ったあとで、私は楽しみを再開する。

退屈で苦しい就業時間もアーモンドのおかげで口のなかは天国だ。

天国を味わいたくて、上着のポケットに手を入れることを一日に何度も繰り返す。

何故、アーモンドを机の引き出しに入れておかないのか。

それは……、どうしてなんだろう。自分でもわからない。栗鼠《りす》の習性のようなものだろうか。

ポケットから取り出して食べる方がなんとなくおいしい気がするのだ。

私の上着のポケットのなかには、アーモンドやチョコやクッキーの破片が散乱している。

帰宅の途中で吊革《つりかわ》に摑《つか》まりながら、もしも今、この電車が四次元の事故で砂漠にワープしたら、ポケットの破片たちが貴重な食料になるだろう、と想像する。

他の乗客たちが次々に倒れてゆくなか、私はこの食料のおかげで生き延びて、再び平和な現実世界に戻ってくることができるのだ。


もう退職してしまったが、会社の先輩にコーノさんというひとがいた。

コーノさんは、みんなに怖れられていた。

冬になると、会社にスキー手袋をしてくるからだ。

コーノさんはコートを持っていないのか、どんなに寒い日でもスーツだけで出勤してくる。だが、何故か巨大なスキー手袋をはめているのだ。

スーツに青いスキー手袋。

両手が大きく膨らんだその姿は、みるものに恐怖を感じさせた。

何かの拍子に、その手をぽんぽんとうち鳴らすことがあり、同じ課の女性たちはびくっとしたものだ。

コーノさんのお昼ごはんも異様だった。

自分の机の上で、ツナ缶を開けて、そのなかにマヨネーズをむりむりと絞り込み、ぐるぐるかき混ぜて食パンの上に載せる。それをはぐはぐはぐはぐと食べる。初めてその光景を目にした者は、みてはいけないものをみてしまった気持ちになるのだった。

スキー手袋は軽くて暖かい。それはその通りだ。ツナサンドはおいしい。それもその通りだ。だが、コーノさんの場合、それらの使いどころというか、アプローチの仕方が、微妙に、しかし、決定的に狂っているのである。

コーノさんは女子社員の間で「ツナ夫」と呼ばれていた。

今日もまた、ふわふわとハンガーのところに漂っていき、上着のポケットに手を入れながら、私は忍者のように慎重に辺りの気配を窺《うかが》う。

この姿を、誰にもみられてはいけない。

もしもみられたら、私は「アーモンド郎《ろう》」と呼ばれてしまう。

金額換算

年末の大掃除のとき、会社の冷蔵庫を掃除していた後輩が声をあげた。

「うおっ」

「どうした？」

冷蔵庫の奥からビニールに包まれた物体が引っ張り出される。

どうやらコーヒーゼリーらしい。

が、なんだか様子がおかしいのだ。

「緑っす」

後輩が真剣な顔で云《い》う。その物体の表面は鮮やかな緑色をしていた。

私たちは顔を見合わせた。ひとりがおそるおそる尋ねる。

「『抹茶ゼリー』じゃないの？」

後輩はふるふると首を振る。

「『コーヒーゼリー』っす」

「ほんとだ。書いてある」

人々は及び腰で「それ」を取り巻いた。

後輩は「それ」を抱いたまま、遠い目になる。

「昭和からここにあったっす」

「まさか」

「だってバーコードがついてないっす」

「…………」

みんな、遠い目になる。

私の言葉が沈黙を破る。


「いくら貰《もら》ったら、これ食べられる？」

「ええっ、無理っす、絶対無理っす」

「そう」

「これは、やばいっす」

「だって君、N大のアメフト出身だろう」

「関係ないっす」

「どうしてもって云われたら」

「五万っす」


ええーっ、と周囲から驚きの声があがる。

後輩は二三歳で、まだ若いのだが、それにしても、五万でできることは全然「無理」ではないのでは？

うすうす感じてはいたものの、金額換算の感覚には個人差があるんだなあ、と改めて認識する。

そういえば、いつだったか、目が良くなるんだったら三〇〇万払ってもいい、と云って、友達にとても驚かれたことがある。私はひどい近眼なので、コンタクトか眼鏡《めがね》がないと全く機能が停止してしまう。だが、コンタクトレンズは痛いし、ビン底眼鏡は悲しい。そんな実感からの発言だったのだが、彼自身も相当な近眼であるにも拘《かか》わらず、友達には全く理解して貰えなかった。

三〇〇万あったらキャバクラに二〇〇回行けるじゃん、と云うのがその理由だ。彼にとっては、ビン底眼鏡をかけたままキャバクラに二〇〇回通う方が比較にならないほど正解、と云うことらしい。

私ならキャバクラで一五〇〇〇円使うくらいなら「まんがの森」に行きたい。五〇〇円の漫画が三〇冊も買える、と云うと、それならキャバクラのあとで漫画喫茶に行く方がいい、と云い返されて、この話には終わりがないのだった。

誰もが必ず関わりをもち、毎日のように使っているお金の感覚が、こんなにズレているのは何故《なぜ》なのだろう。

友人のひとりが離婚したとき、「マンションを奥さんにあげてローンを僕が払うことになった」と云いながら、満面の笑みを浮かべていたことを思い出す。そんなにも離婚したかったんだなあ、と思って感動する。

五〇〇〇万円をただ支払って満面の笑みを浮かべるなんて、座禅を組んだり滝に打たれるなどの修行を長く積んだ高僧にも難しいのではないか。五〇〇〇万円。キャバクラなら三三三三回（小数点以下切捨）、漫画なら一〇〇〇〇〇冊である。座禅も滝もなしで人間の意識をそんなにも高めてしまう（？）結婚というものを、私は心底おそろしく思った。

夜道からの電話

恋人から「こわい」という電話がかかってくる。

彼女は夜の道を駅から家まで歩いて帰る途中。

こつこつと急ぎ足のリズムのなかで、恋人は息を切らして、声は震えて、今にも泣きそうになっている。

「誰かついてくるの」

「え？」

「後ろから、ついてくるの、こわい」

「気のせいじゃなくて？」

「うん、さっきからずっと、誰？」

「誰って、俺《おれ》に訊《き》かれてもわかんないよ」

「うん」

「速足で歩いてごらん」

「う、うん」

「どう？」

「駄目、ついてくる、どうして？」

「偶然おんなじ方向なんじゃないの？」

「わかんない」

「どうしてわかんないんだよ」

理不尽なことを云《い》いながら私は、どんなアドバイスをすればいいのか、迷ってしまう。

恋人が心配だ。

と同時に、静かな夜の時間に厄介なことを持ち込んだ彼女に苛立《いらだ》つ。

と同時に、そんな自分に情けなさを感じる。

何よりも、自分がとっさに適切なアドバイスができないことに苛立っているのだ。

こういうとき、どうすればいいんだっけ。

あたまがくるくると回って、しかし、何にも出てこない。

くるくる。

心配と怒りと恥ずかしさが混ざった声で私は云う。

「どうして、タクシーに乗らなかったんだよ」

「だって」

恋人は泣きそうだ。

「気持ちのいい夜だったから、歩きたかったの」

そう、私は彼女のそういうところが好きだったのだ。

それを忘れたわけじゃない。

だが、今日に限っては困る。

困るのだ。

困ったり怒ったりしてる場合じゃない、何か、何か、何か云わないと。

そうだ、と思う。

「コンビニだ。コンビニに入ってやり過ごせばいい。コンビニだよ。コンビニに入りなよ」

「この辺ね、コンビニ、ないの」

ああ、なんでそんなところに住んでるんだよ。

今どきコンビニなんてどこにでもあるだろう。

うちの近所なんて、ファミリーマートとセブンイレブンとデイリーヤマザキと……。

私は混乱して言葉が出なくなる。

いざとなったら近くのひとの家に逃げ込むしかない、のか、な。

「あ」

恋人が小さく叫ぶ。

「どうした！」

私は思わず腰を浮かす。

「いなくなった」

「ほんとに？」

「うん」

ほっとする。

恋人が無事だったことに。

これ以上この問題を考えなくてもよくなったことに。

「やっぱり偶然だったんだ」

自分の声が妙に嬉《うれ》しそうだ。

「途中で曲がったの？」

「ううん、ローソンに入ってった」

「あるじゃん！　コンビニ」

「あ、ほんとだ。あったんだね」

私は脱力する。

「ごめんね」

「いや、なんともなくて、よかったね」

「ありがとう、ごめんね。今度から遅くなったらタクシーにするね」

「うん」

「じゃ、お家についたら電話する」

「うん、気をつけてね」

私は私を困らせたことなど全く知らずに、ローソンで特選カルビ弁当を籠《かご》に入れている男のことをちらっと思う。

いっかげん

いっかげんあるひとが怖ろしい。いっかげんとは一家言だ。

いっか‐げん【一家言】
(1)その人独特の主張や論説。
(2)一つの見識をもった意見。「教育については—をもっている」

『大辞林』第二版より

昔読んだ雑誌の記事のなかで、コメディアンの萩本欽一《はぎもときんいち》が「弟子入り志願者が来たら、まず一緒に食事をしてみる」と語っていた。箸《はし》の使い方をみるのだという。幼い頃は誰でも箸を上手に使えない。親に教わったり叱《しか》られたりしながら少しずつ上手《うま》くなってゆくものだ。「だから箸使いをみれば、そのひとが注意されたことを素直にきける人間かどうかがわかる」と云《い》うのである。怖ろしい。箸の握り方がめちゃくちゃな私は、自分が欽ちゃんの弟子にはなれないことを知った。

また、マラソンの瀬古利彦《せことしひこ》選手の特集番組をみたときのこと。瀬古には彼を世界的なランナーに育て上げた有名なコーチがいた。老人に近い年齢のコーチは、その日の練習タイムをみるなり、「おまえのタイムが悪いのはわしのせいじゃ」と云って、瀬古の目の前で自分の頰《ほお》をばしばしばしばし両手で叩《たた》き始めた。怖ろしい。暴走するいっかげんだ。たまたま調子の悪い日もあるだろうとか、そういう理屈は、いっかげんの前には一切通じないのだ。瀬古は自分が殴られるよりも辛《つら》そうだった。

このように怖ろしいいっかげんというものを、私は可能な限り避けて暮らしている。町でいっかげんの姿をみかけると慎重に迂回《うかい》する。

例えば、通勤路の途中のとんかつ屋。その店の前にメッセージが掲げてある。「当店では肉はいっさい叩きません。肉を叩かねばならないのは下手《へた》ということです。油はすぐ交換します。悪い油を使うのは犯罪です」。張り紙ではない。煌々《こうこう》と灯《とも》る立派な広告灯だ。ライトアップされたいっかげんだ。このメッセージに惹《ひ》かれてくるお客も沢山いるようだ。なんて勇気があるんだろう。私はここに入るなら、ファミリーレストランのぺらぺらのとんかつを食べる方がいい。

だが、どの食べ物屋もみな、いっかげんを店の外に出しているとは限らない。うっかり入ってしまった店にいっかげんな空気が漂っていると不安になる。まず店主の様子をちらっとみる。髭《ひげ》があると、髭だ、と思って緊張する。髭といっかげんは緩やかな比例関係にある。髭の店主は同時にいっかげんをもっていることが多いのだ。

顔をみるまでもないこともある。「最初はソースをつけずに召し上がってください」などといっかげんな「指示」が貼《は》ってある場合だ。その瞬間に、私はロボットになる。「指示」を守ることで頭がいっぱいになってしまうのだ。

具体的な「指示」があるなら、まだいいのだが、何も云わずに店の奥からこちらをじっとみられていると、パニックになる。なんだあの箸の握り方は、あの醬油《しょうゆ》のつけ方は、あの食べ方は、あの目つきは、などとどんどん減点されているような気がして、味がわからなくなる。妄想ではない。いつだったか、もんじゃ焼き屋の暗い奥の間から、先代のおばあさんが、あーあーあーあーだめだめだめだめと、怒りながら飛び出して来たことがある。何か別の生物かと思った。

経験的に、お好み焼き、もんじゃ焼き、鮨《すし》、沖縄料理、とんかつ、ジャズ喫茶、などの店に濃いいっかげんがみられることが多いようだ。

広島のお好み横丁に行ったときは、いっかげんの森に迷い込んだ気分になって、どきどきした。隣に座った旅行者らしいカップルが、あれ、マヨネーズないな、と云い始めたので、ひやひやする。やめろ、よせ、マヨネーズは、きっと邪道だぞ、と俯《うつむ》いたまま首を振る。

だが、私の気持ちも知らずに、カップルの女の子は平然と、「マヨネーズくださーい」と云った。

やめろおおおおおお、と思う。

上半身ランニングシャツ姿の髭の店主はぎろっと視線を上げた。

無表情のまま、何も云わない。

ひい、ごめんなさい。

だが、なんと、女の子はもう一度繰り返したのだ。

「マヨネーズください」

うわああああああ。ぼくじゃないぼくじゃないぼくじゃないよ。

そのとき、「あいよ」と云って、テーブルの下から、どん、と巨大なマヨネーズが出てきた。

あれ？　と思う。いいの？

私はほっとする。だが、恐怖に痺《しび》れた心のなかでは、まだ、ぼくじゃないぼくじゃないよの残響が鳴り続けているのだった。

キムタク着用

インターネットでオークションのサイトを眺めていると、商品の宣伝文句のなかに「キムタク着用」という言葉がしばしば出てくることに気づく。試しに「キムタク着用」でキーワード検索をかけてみると、347件出てきた。キムタクはこんなにいろいろなものを着ているのか？

よくみると、「キムタク着用！！！」や「SMAP・スマップ・スマスマ・キムタク着用」に混ざって、「キムタク着用？」などもあって弱気である。

具体的な内容は「キムタク着用と同色同柄ネルシャツ新品」や「キムタク着用！佐々木與市作『備長炭《びんちょうたん》配合セルロイド眼鏡《めがね》』」他だが、要するに、キムタクがこれらの服や眼鏡を身につけて、ドラマやインタビューに出ていたということらしい。商品の横にはちゃんと証拠写真も載っている。お、本当だ、と思う。

では、どういう理由で「キムタク着用」が商品の宣伝になるのだろう。

・キムタクはかっこいい
・私もかっこよくなりたい
・キムタクは●▲■を着ていた
・だから私も●▲■を着る

おそらく、このような三段論法（四段あるが）が「キムタク着用」という言葉の背後にはあるのだろう。

馬鹿だなあ、と思う。私は知っているのだ。キムタクの真似《まね》をして自分が●▲■を着てもかっこよくはならないということを。何度も試してみたのだから。

キムタクだけではない。「サムライ」のなかでアラン・ドロンが着ていたトレンチコートとか、「エイリアン」のなかでシガーニー・ウィーヴァーが着けていた腕時計とか。手にした瞬間に、これで俺《おれ》も……、と思ってうっとりする。

だが、実際に身につけたとたん、それらのモノはみるみる光を失ってゆく。鏡のなかの私は怪訝《けげん》な顔になる。あれ、これでいいんだっけ、これ、あれだよな、あのドロンが着てた、でも、なんかちがう。そう思って、もう一度、当該の映画の当該シーンをみて確認する。やっぱりかっこいい。狐《きつね》につままれた気持ちだ。

相手がキムタクやアラン・ドロンならまだいい。だが、同じ現象は洋服屋のマネキンと私の間でも発生する。ショーウインドーのマネキンが着ている服をみて、お、いいな、と思う。だが、「あのマネキンが着ているのをみせてください」とは、なんとなく云《い》いにくい。そんなのは軽薄だ。

そこで店内の棚からこそこそと同じものを探し出す。マネキンのせいではなく、偶然探し当てたような顔で（わざわざ色違いなどを）胸に当ててみる。

お店のひとがすすすと近寄ってきて、それ、いいでしょう。今年の新作です。あちらのマネキンも着てるんですよ、と囁《ささや》く。え、ああ、そうなんだ、と初めて気づいたように私は云う。お似合いですよ。そうかな。ええ、とっても。ここが変じゃない？そこがいいんです。そうなの。そうです。じゃあ、これください。ありがとうございます。あ、やっぱり、こっちの色を、と結局マネキンの真似をしてしまう。

家に帰ってわくわくしながら着てみると、何かちがう。全然、かっこよくない。全然、かっこよくない、ということは、つまり、かっこわるいのだ。あの店員、嘘《うそ》つきだ、と一瞬思う、が、問題はそんなことではない。問題は、私がマネキンよりもかっこわるいってことだ。でも、まあ、マネキンは顔が小さいからな、と思って自分を慰める。あんな人間は現実にはいないよ。

「キムタク着用」以外にもオークションの決まり文句はある。例えば、「レアもの」。その場合の論理は多分こうである。

・レアものを身につける
・レアな俺になる

このような三段論法（二段だが）があるのだろう。だが、私は知っている。「レアもの」を身につけても「レアな俺」にはなれないということを。

「『レアもの』を身につけたって駄目なんだよね」と、私は夜中の電話で女友達に云う。「そんなことをしてもレアな自分にはなれないんだ」

「四十歳過ぎて『レアもの』とか『キムタク着用』とか云ってる時点で、既に駄目なのでは」と、控えめにきっぱり云われてしまう。「本当にかっこいいひとは『レア』なんて言葉も知らないよ」

え、そうか。そうなのか。本当にかっこいいひとは「レア」って言葉知らないのか。で、でも、知ってしまったものを知らなかったことにはできないし、それに「四十歳過ぎて」って云っても今は平均寿命が長いから昔の八掛けでちょうどいいっていう話だし、ってことは、今、四十一歳だから、〇・八掛けて、ああっ、割り切れない、などと混乱しながら、私は考える。このひとには内緒にしておこう。念のために「穂村弘着用」でも検索してみたということは。０件。

悪魔の願い

凄《すご》いライブを見て落ち込んでいます。凄いライブをみると感動するんだけど、同時に、なんだか焦ってしまって、我が身を省みて、がっくりする。なんだろう、感動と嫉妬《しっと》が混ざるというか、自分が惨《みじ》めに思えるというか。帰りの電車のなかで急に焦って原稿のゲラをみたりするけど、今はそういうものがあるからまだいいけど、世界に全くとっかかりがなかった若いときは、手も足もでなくてとても苦しかった。

無名にて死なば星らにまぎれむか輝く空の生贄《いけにえ》として　寺山修司

こないだ「ユリイカ」の黒田硫黄《くろだいおう》特集で黒田さんと話をしたとき、やっぱりその才能に圧倒されて、このひとと同じジャンルじゃなくてよかったとか、せこいことを考えたけど、本当はそういう風に思うのはよくなくて、他人の輝きを真《ま》っ直《す》ぐ受けるのが最終的には自分のためなんだ。わかってるんだけど、でも、わかっていても真っ直ぐ受けると寝込むんだよね。

今は昔よりは落ち着いてるけど、でも、例えば、同じジャンルで自分より才能のある恋人とつきあうとかしたら、凄く不安定になるだろうな。ひーこわい。想像するとこわい。「恋人の才能がなくなりますように」って、悪魔の願いだ。

いつか読んだ萩尾望都《はぎおもと》のバレエ漫画でそんな感じのが、男性主人公が、同じくダンサーの恋人の方が先に認められて、素直に祝福できなくて苦しむ、みたいなのがあったけど、頼むから、ハッピーエンドにしてくれと強く思った。

女性にはそういう感覚は比較的希薄なのかな。男の方が見栄っ張りというか自我が脆弱《ぜいじゃく》なのか。女性で本当に凄くなると浅薄な矜持《きょうじ》とかまったく無いみたいだね。


うつしみに何の矜持ぞあかあかと蝎座《さそり》は西に尾をしづめゆく　山中智恵子

そういう凄い恋人とつきあうと、優しくされて励まされて、かつ敵《かな》わないという、こわいことが起こります。こわい、でも、なんだか、ちょっと素敵ですね。いや、なんか、この、優しくされて、心が乱れて、愛し合っていて、でもうまくいかなくて、傷つき傷つけるという、不毛さのなかに甘美なものがあるような、そうか、やっぱり萩尾望都って凄いんだな。当たり前か。

そういえばいつか読んだ塚本邦雄の文章のなかに、かつての同人誌仲間だった妻よ、私のために筆を折り、生涯裏方に徹してくれてありがとう、みたいなのがあって、堂々と書くかそういうこと、と思ったけど、あれは時代的な感覚でもあるのかな。塚本さんも「昔の男」ってことか。そう考えるともっと昔の、与謝野晶子《よさのあきこ》の夫だった鉄幹《てっかん》こと与謝野寛《ひろし》は偉かったのかもしれない。

ああ晶子よ、君こそは現代の極東に於《お》ける天成の叙情詩人なれ。何を以《もっ》て斯《か》く断ずるかと云ふを要せず。君が既に出《い》だせる一万首の歌・七百篇《へん》の詩は赫灼《かくしゃく》として之《これ》を説明せり。(略)君の着想の富贍《ふせん》と、君の表現の自由と、併せて君の幽妙不可思議なる叡智《えいち》より電撃的の神速を以て突発し来《きた》る。同じく栖《す》むこと三十余年、常に共に筆を執る寛は、常に親しく観て、君の才の天上のものなるに驚歎《きょうたん》し、寛の才の如《ごと》きは地上一隅のものなるを思はざるは無し。寛は君の歌に触れて開眼せられ、君の創作の神与に由《よ》つて激励せられしこと無量なり。

『与謝野寛短歌全集』自序より

「君の才の天上のものなるに驚歎し、寛の才の如きは地上一隅のものなるを思はざるは無し」なんて、こんなことを、晶子の本ならともかく、自分自身の全集の序文に書いちゃうのが凄い。「寛は君の歌に触れて開眼せられ、君の創作の神与に由つて激励せられしこと無量なり」には突き抜けた愛を感じます。
そんな鉄幹が死んだときに、晶子が詠《うた》った挽歌《ばんか》の、全天の星がぜんぶ君だっていうのは、愛しあった心の証《あかし》という感じだったな。

冬の夜の星君なりき一つをば云ふにはあらずことごとく皆　与謝野晶子

タクシー乗り場にて

台風の夜、駅前のタクシー乗り場には長い列が出来ていた。傘が全く役に立たないほどの激しい風に震えながら、私は自分の前にいる人間の数をひたすら数えていた。あと、二十五人、二十四人、二十一人、いや、あの二人は夫婦だから二十人、十八人、十五人。早く来い、車、来い、早く。早く家に帰って、お風呂《ふろ》に入りたい。温かいお湯のなかで手足を伸ばしたい。

だが、タクシーは思いついたように、ぽつりぽつりと来るだけで、なかなか列は短くならない。十二人、九人、八人、五人、三人。二時間近く待って、やっと次の次というところまで来た。私の前には杖《つえ》をついた高齢の男性がひとりいるだけだ。来た、一台。よし、あれの次が俺《おれ》の番だ。風呂。風呂に入れる。

だが、そのタクシーが乗り場に着いたとき、前の老人はそれに乗ろうとしなかった。くるっと振り向いて、私の後ろにいるひとに向かってこう云《い》ったのだ。

「どうぞ、お乗り下さい」

はっとして振り向く。そこには、赤ちゃんを抱いた若い女性がいた。

あ、ああ、そうか、そうだよな、と思いつつ、ちょっと後ろめたくなる。二時間もそこに立っていながら、私は自分の「前」だけを気にして、後ろに誰がいるかなど全く意識していなかったのだ。でも、このおじいさんはちゃんと気づいてたんだ。自分の後ろの後ろのひとのことまで。

女のひとはちょっと驚きながら、我々に礼を云って車に乗り込んだ。後ろめたさが増大する。そして、その直後、老人はごく自然な動作で私の「後ろ」に回ろうとした。

がーん、となる。

いや、確かに、それはそうだ。老人は彼の一存で私の後ろの女性を先に乗せた。自分はそれでいいとしても、その行為によって、結果的に私をとばしてしまったことになる。だから、自分が「後ろ」に回ることで、私の本来の権利である「次」を譲ろうとしたのだ。

「いえいえいえ、ど、どうぞ、次、乗ってください」

私は慌てて口走る。老人の振る舞いに完全に圧倒されていた。それに、そもそも、そのひと自身が、杖が必要なほどの高齢なのだ。この状況で疲れていない筈《はず》がない。しかし、彼は自分よりも弱いものを思いやり、しかも、私に対しては当然のように「筋」を通そうとした。それに引き替え、私のあたまはお風呂のことで一杯だった。

軽く会釈をして車に乗った老人を見送りながら、私は、負けた、と思っていた。

この夜の出来事を振り返って、人間の立派さや素晴らしさについての自分の基準は、かなり普通というか昔ながらのものだということに気づく。

他にも例えば、あれだ。飛行機事故の現場から発見されるメモ。

今までありがとう、と妻への感謝が述べられている。それから、子供たちへ、約束の遊園地に行けなくてごめん。お父さんはお前たちを愛している。これからもお母さんを助けて生きるように、と。最後に、もう一度、妻への短い愛の言葉。

私の目から、ぶわっと涙が溢《あふ》れる。人間を信じても良いと思う。勿論《もちろん》、実際には最《さい》期《ご》の瞬間だから立派になれたということもあるのかもしれない。そんなメモを残したお父さんだって、長く続く日常のなかでは、駄目なことや汚いことや浮気などがあるのかもしれない。だが、それでも、やはり、この言葉には嘘《うそ》がない、と思う。激しく乱れた文字と内容のギャップに、涙が溢れてしまう。

何が尊敬に値することなのか、素晴らしいことなのか、立派で恰好《かっこう》いいことなのか。その価値観は時代や環境によって異なっている筈だ。私の知らない新しい立派さの基準がどこかにあるなら、是非知りたいと思う。それを採用したいのだ。

自分のなかの立派さや素晴らしさの基準に照らして自分自身が駄目なとき、それは大きな重圧になる。そして、私は私の考える立派さから余りにも遠く、恰好悪いのだ。

台風の夜、赤ちゃんを抱いた女のひとを先にタクシーに乗せて、杖をつきながら私の後ろに回ろうとしたおじいさんなんて素晴らしくも何ともない、そう思えたら、どんなに楽になれるだろう。二十一世紀型の新たな価値観の導入によって、お風呂のことであたまが一杯だった私の方が立派で恰好いい、ということにはならないものか。うーん。

　こんな話もあった。海抜0メートルの国で、少年は堤防のひび割れをみつけてしまう。今にもそこから水が流れ込んできそう。しかし、ひとを呼びにいく時間はなく、少年は咄嗟《とっさ》にその穴に自分の腕を突っ込んでしまう。そして、一晩中そのまんま、身動きも出来ず、躰《からだ》の熱はどんどん奪われて、次の朝、すっかり冷たくなった死体が発見される。少年が氷のような躰で薄れる意識の最期に思い浮かべたのは、温かい布団にくるまれて眠っている幼馴染《おさななじ》みの少女の寝顔でした、とか。そんなのはちっとも素晴らしくない。立派でもなんでもない。ぶわわっ。

影を濃くする

雑誌の取材などで写真を撮られることがある。出版社の会議室のような密室なら別に構わない。喫茶店やレストランなどでは、周囲のお客さんの目が気になる。いちばん怖ろしいのは、街中の人通りのあるところでポーズをとらされることだ。

道行くひとびとが皆、自分をみているようでびくびくする。いや、実際みているのだ。女子高生の二人連れが振り返って、不思議そうな顔をする。

「だあれ？」

「ふつうのおじさん」

やっぱり、とショックを受ける。「やっぱり」なのにショックを受けるのは変だ、と思いつつショックを受ける。

カメラに向かって笑顔を作ったまま、ふつうのおじさんふつうのおじさんふつうのおじさんふつうのおじさんふつうのおじさんふつうのおじさんふつ、あたまのなかはふつうのおじさんでいっぱいだ。

ふつうのおじさんは嫌だ、と思う。

もっといいものに思われたいのだ。だが、もっといいものってなんだ。どうしたらそれになれるんだろう。

いつだったか、読者だと云《い》うひとに紹介されたときのことを思い出す。「はじめまして」と挨拶《あいさつ》した直後に、そのひとは感心したように云った。

「オーラがないですね」

私は絶句した。勿論《もちろん》、会って二秒の相手に向かってそんなことを云うのは失礼だ、だが、失礼ゆえの真実ということがある。それは思わず口から零《こぼ》れた感想だった。「思わず」の眩《まぶ》しさに私は怒りを忘れ、真実をありがとう、と云う気持ちにさえなった。

自分でも薄々わかってはいたことだ。何年か前に、或《あ》る雑誌の企画で「存在感のある人、影がうすい人」という特集があったときに、原稿の依頼を貰《もら》ったこともある。何故《なぜ》そんな依頼がくるのか、そのときはあまり深く考えなかったが、今、振り返ってみると、理由はひとつしかない。

編集者は依頼の文面に気を遣ったただろうな、と思う。どう切り出しても、要するに「影がうすい人」代表として書いてください、という意味になるからだ。依頼状には、確か、お願いするなら穂村さんしかいないと思いました、と書いてあった。ど真ん中に直球を投げ込まれて、複雑な気持ちになる。

それにしても、もしも私が勘違いして、「存在感のある人」代表のつもりで原稿を書いてきたら、どうするつもりだったのだろう。危険な賭《か》けだ。勿論、私はそんなことはしなかった。ちゃんと「影がうすい人」の痛みについて語った。

「影がうすい人」として真っ先に思い出して貰えたんだから見方によっては「存在感がある」ことになる、という理屈を考えてみる。トランプの「大貧民」でもそんなのがなかったか、絵札やエースなどの強いカードが一枚もなくなって、全部へなちょこのカードばかりになったときに大逆転が起こるという、あれは……「革命」か。

だが、それはトランプの話だ。人間はトランプではない。存在感に「革命」はない。存在感が薄すぎて目立つ、とか、オーラが無さ過ぎてかっこいい、などということはやはり有り得ないのだ。

正攻法で存在感を増して、オーラを身につけ、影を濃くするしかない。そう考えた私は古本屋に行くたびに音楽雑誌の表紙をみて研究を始めた。

ミック・ジャガー、かっこいいなあ、と思う。オーラがびんびんと伝わってくる。この顔をみて「ふつうのおじさん」と思う女子高生はいないだろう。ミックの表情をじっとみながら、どこが僕とちがうんだろう、と考えてみたのだが、これは難問だった。何もかもが、あまりにもちがいすぎて、まずどこから手を付けていいのかわからないのだ。

　例えば、ボウリングでも目標とするピンの手前に小さな印のようなものがあって、そこを目掛けて投げるのだ。だが、ミック・ジャガー（ボウリングのピン）と私（ボウラー）の間の距離はあまりにも遠すぎて、その中間のどこかにあるはずの印をみつけることができないのだ。空の星をいくらみつめても、どれだけ離れているのかはわからない。

　食い入るようにミック・ジャガーをみつめる私をみて、たまたま一緒にいた友人が不思議そうな顔をしていたので説明する。

「ミックと僕と、どこがちがうんだろう、と考えていたん……」

　その瞬間、そのひとは、笑った。ごめんね、ごめんね、と謝りながら、涙を流して笑い続けた。

明日へのうさぎ跳び

私は中学校で卓球部に入っていたのだが、先生や先輩たちに、練習中は水を飲むな、とよく云《い》われた。水を飲むとばてる、というのがその理由だ。

また、足腰を鍛えるために、うさぎ跳びというのをやらされた。背中で手を組んで、しゃがんだまま、ぴょんぴょんと跳んでゆく運動だ。

だが、その後、体育界の常識は、運動するときはなるべく水分を摂《と》る方がいい、ということになった。また、うさぎ跳びは膝《ひざ》に負担をかけて怪我《けが》の原因になるのでやらない方がいい、ということに。

中学生の私が、炎天下の校庭を「水、水」と思いながらぴょんぴょん跳んだのは、一体なんだったのか。

そう云えば、「正しい歯の磨き方」も、この数十年の間に何度も細かく変わっているような気がする。横でなく縦に磨けとか、いや、毛先を歯の根っこに押し付けてスライドさせろとか、歯磨き粉は米粒ひとつ以上はつけ過ぎとか。子供の頃、最初に習った横磨き方式は、今では、ひどく歯を傷《いた》める、ということになっている。

さらに最近では、牛乳は体に悪い、という意見さえあるようだ。牛乳は「栄養の王様」で「完全食品」じゃなかったのか。呆然《ぼうぜん》とする。

そのときどきに現れては消える沢山の常識やルールのなかで、一体、何を信じればいいのだろう。

科学的な裏づけが不要なファッションの流行などは、さらに目まぐるしい。

シャツの裾《すそ》をズボンに入れろとか出せとか、ベルトをするときは裾は入れて、上にセーターを着るときは適量出すとか。赤上げて白上げないで赤下げない、の旗上げゲームのようだ。とてもついていけない。

「裾」や「歯磨き」のルールが理解できないまま、的確に反応できないまま、どんどん世界に引き離されてゆく自分を感じる。

いろいろ勉強して懸命についていこうとしても、携帯電話はどういう申し込み方をすればいちばんお得なのか、マンションの正しい買い時はいつなのか、マイナスイオンとアルカリイオンはどうちがうのか、カガタケシとヤクショコウジはどうちがうのか、私には理解できず、間違えてはいけないと考えれば考えるほど、足は止まって、世界との距離は広がってゆく。

すべてを諦《あきら》めて、何もかも忘れて、笠智衆《りゅうちしゅう》のように、あー、と云いながら、縁側で黒砂糖をしゃぶっていたい。あー。ちゃぷちゃぷ。古き良き日本の心だ。

だが、もしかすると、ああみえて笠智衆も、毎晩鏡の前で、あの涅槃《ねはん》っぽい笑顔の練習をしていたかもしれない、とふと思う。

高倉健は「不器用ですから」と主張しつつ、実はロレックスとかサッカーの審判用の靴とかを友人にプレゼントするようなお洒落《しゃれ》さんで、しかもお喋《しゃべ》りと六本木が大好きだという噂《うわさ》だし、フーテンの寅《とら》さんはフーテンのくせに歯が真っ白だ。あれはホワイトニングをしてるんじゃないか。

ならば笠智衆だって、最高の笑顔を維持するために笑顔コンサルタントを雇っていたかもしれない。笠智衆がフィンランドの笑顔コンサルタント会社に二億円払っていた、という事実がはっきりすれば、私も諦めがつく。

黒砂糖を捨てて、縁側から立ち上がれ。

あるがままの素朴な世界なんてどこにも存在しないのだ。

受身でおろおろしていては、世界の波に溺《おぼ》れるばかりだ。

攻撃は最大の防御なり。

おろおろと世界についていくのではなく、追い越す勢いでいくべし。

婦人雑誌のなかで「女性は妊娠の可能性の有無にかかわらず、常に基礎体温をつけて自分の体調を把握すべきです」と微笑《ほほえ》む黒木瞳をみて、これだ、と思う。

その発言の内容にどの程度の根拠と妥当性があるのかわからない。だが、自信をもって主張する黒木瞳は美しかった。

私も自信をもって、私なりの新しい発見や考えやルールを提案しよう。思いついたことを世界に向けてどんどん発信するのだ。

・これからは牛乳ではなく豆乳の時代です
・女性だけに負担をかけず男も基礎体温をつけるべきです
・カガタケシとヤクショコウジは別人です
・インド人はカレーを食べて元気を出している
・インドにはらっきょがありません
・らっきょなしでカレーを食べているインドの人々のために、わが国のらっきょを輸出すべきです

自信をもってそう云い切るとき、私の笑顔は輝いている。

焼き鳥との戦い

一年ほど前だったか、何人かの知り合いと神保町《じんぼうちょう》の居酒屋に入ったことがあった。まずはビールで乾杯をして、それからみんなで話をはじめた。

やがて、注文した食べ物が次々に運ばれてくる。おぼろ豆腐、もずく酢、チヂミ、鮪《まぐろ》のほっぺ焼き、京風水菜サラダ、そのなかに焼き鳥の盛り合わせがあった。

私は焼き鳥のひと串《くし》をとろうとして、ちょっと迷ってから、刺さっている肉を串から外そうとした。ばらばらにすれば、いろいろな種類をみんなで食べられる、と思ったのだ。ひとり一本ずつ食べるより、その方がいい。

ところが、これが意外に固い。なかなか串から外すことができない。

最初は軽い気持ちでやっていたのだが、本気になって箸《はし》でぐいぐい押してもびくともしないのだ。

もともと飲み会の会話に混ざるのが苦手な私が、手元の作業に必死になってしまうと、まったく周囲から切り離されてしまう。これは困る。

だんだん焦ってくる。

みんなは楽しそうに話している。一刻も早くこれをやり終えて、僕も話の輪に入らなければ。

だが、焼き鳥は外れない。

まだ最初の一本なのに……。いや、もういい、この一本だけとりあえず外したら、あとは誰かに任せてしまおう。僕なりに出来るだけのことはしたんだ。密《ひそ》かに、そう決意する。

だが、その一本がばらせない。

焦れば焦るほど、びくともしないのだ。

どうして。

もしや、これは「外れない肉」なんじゃないか?

そんな後ろ向きな考えがあたまをよぎる。

馬鹿な。

この世に「外れない肉」などあるものか。

落ち着け、落ち着いてゆっくりやれば、必ず外れるのだ。

だが、いったん浮き足立ってしまった心は静まらない。

そうなると、手にもエネルギーが伝わらなくなるのか、なんだか、外せるような気がしなくなってくる。ばらばらになった肉がイメージできない。いつかは出来る筈《はず》という確信が揺らぐと、作業に現実の手応《てごた》えがなくなって、ふわふわしてくる。

もう、諦《あきら》めてこのまま食べてしまおうか。

だが、ここまで頑張っておいて、今更何も無かったようにやめることはできない。

なんだか、恥ずかしい。誰もみていないかもしれないが、恥ずかしい。

ふわふわのまま、惰性の作業を継続する。

駄目だ。

外れない。

顔が歪《ゆが》んでくる。

そのとき、少し離れた席で談笑していたYくんが、ちらっとこちらをみた。

それから、私の手元に視線を落として軽く頷《うなず》きながら云った。

「かたいね」

その瞬間、私は孤独ではなくなった。

全身に温かいものが充《み》ちた。

「う、うん」

さり気なく応えながら、私は心のなかで叫んでいた。

（そうなの、これ、固いの。ばらばらに、なんないの。でも、俺《おれ》、みんなのために頑張ってんだ）

「かたいね」のひと言で、私はふわふわの異空間から帰ってきた。手に現実の力が戻って、焼き鳥はなんとか外れた。

あの短いやりとりを、Yくんはきっと忘れているだろう。

だが、私は覚えている。

覚えているから、先日のYくんの誕生日にアンティークのカップ&ソーサーを贈ったのだ。

Yくんはちょっと不思議そうに「ありがとう」と云った。

こちらこそ、ありがとう。

あのとき、残りの串たちは、私の前に座っていたMさんが隣のひとと話しながら、手元もみないでばらばらにしてしまった。

別世界の出来事のように、私はそれをみた。

クリスマス・ラテ

スターバックス・コーヒーで、タゾ・チャイ・ティー・ラテのショートサイズ（シロップ控えめ）を飲みながら、ぼんやり将来のことを考える。

将来、何になろう。

どこに住もう。

誰と暮らそう。

何をしよう。

そこで、ふっと思い出す。

あ、もう、今が将来なんじゃん。

俺《おれ》、四十一歳だし。

何になろうってのは、総務課長になってるんだし。

どこに住もうってのは、十八歳のときとおんなじ町のおんなじ家のおんなじ部屋に住んでるんだし。

誰と暮らそうってのは、七十過ぎた両親と三人で暮らしてるんだし。

何をしようってのは、スターバックスでタゾ・チャイ・ティー・ラテのショートサイズ飲んでるんだし。

シロップ控えめだし。

そうか、そうか。

考えなくてもいいんだ、もう。

将来のことなんか。

もう二十一世紀なんだ。

そかそか。

うん、二十一世紀なんだ。

世界が滅びるって云《い》ってたノストラダムスの予言も四年前に終わったし。

何にも起きなかったし。

最悪八万人の死者が予想されるって云ってた二〇〇〇年問題も三年前に終わったし。

何にも起きなかったし。

鉄腕アトムが生まれるって云ってた二〇〇三年ももう終わるし。

何にも起きなかったし。

そうかそうか。

今が将来なんだから、僕は将来の心配なんてしなくていいんだ。

もう老眼だし。

足がもつれるし。

肩がよく回らないし。

モーニング娘。名前は知ってるけど見たことないし。

ゴールデン・ハーフもキャンディーズもピンク・レディーもどこかに消えて、いつのまにか辺りはすっかり二十一世紀なんだ。

つんく♂、ってなんなんだろう。

えーと。

それで、僕は。

何をやってるんだっけ。

ああ、そうか。

ネクタイ締めて総務課長でタゾ・チャイ・ティー・ラテなんだ。

シロップ控えめなんだ。

あ？

クリスマス・ツリーだ。

ああ、そうか。

もうクリスマスなんだ。

大きいなあ。

綺麗だなあ。

二十一世紀にもクリスマス・ツリーがあってよかった。

光っててよかった。

今年のクリスマス、どうしようかな。

奥さんいないし。

子供いないし。

恋人いないし。

お父さんとお母さんと三人で炬燵《こたつ》で不二家のケーキを食べようかな。

「おまえ、将来何になるんだい？」

いやだなあ、お母さん、もう今が将来なんですよ。

それから一人で町に繰り出して、スターバックスでクリスマス・ラテを飲もう。

クリスマス・ラテはクリスマスだけの特別な飲み物なんだって、ここに書いてある。

スターバックスに行けば、見たことないけどモーニング娘。みたいな店員が、こんにちは、って笑いかけてくれるだろう。

いつもは緊張して曖昧《あいまい》に頷《うなず》くだけだけど、クリスマスだから僕もにっこりしてみよう。

僕の笑顔を見るのは初めてだろう。

「いらっしゃいませ、こんにちは」

こちらこそ、こんにちは。

クリスマス、おめでとう。

きみたちは将来何になるんだい？

僕は今が将来なんだよ。

つんく♂、ってなんなんだい？

ああ、きみたちも何か飲みなさい。

僕は冬のボーナスが一・八ヶ月出たからね。

ご馳走《ちそう》しよう。

クリスマス・ラテがいい。

クリスマスだけの、特別な飲み物だ。

みんなで、飲もう。

大きなツリーを見上げながら。

クリスマス・ラテ。

シロップたっぷりで。

メリークリスマス。
クリスマス、おめでとう。

友達への道

中学の林間学校の思い出がある。

私はテントのなかでぼんやりしている。そのとき、外で誰かの声がした。

「ほむらくーん」

これが林間学校の思い出である。

どこが思い出なのか、と思われるだろうか。だが、私は二泊三日の合宿体験に関して、それ以外の出来事は一切覚えていないのだ。

名前を呼ばれて、どう返事をしたのか、何の用事だったのか、それすら記憶に残っていない。ただ、誰かが自分を捜していた、名前を呼ばれた、ということだけが、鮮烈に躰《からだ》に残っている。

何故《なぜ》なら、それはとても珍しく、嬉《うれ》しいことだったからだ。中学生の私にとって、誰かに捜されるとか、名前を呼ばれるなんて、奇蹟《きせき》のようなことだった。つまり、私はそれくらいみじめな存在だったのだ。名前を呼ばれたことが一生の思い出になるくらい。

小学校のときは私にもそれなりに友達がいた。いや、特に友達というような意識はなく、ハンドベースとか缶蹴《かんけ》りとか切手の交換とか、そのときどきの流行の遊びを一緒にする仲間がいたということだ。

だが、中学に入って自意識が強くなってくると友達が消えた。自分とは何か、友達とは何か、という感覚が芽生えた途端に、集団における自分の価値が明らかになって、そこには誰からも相手にされない「私」がぽつんと立っていた。何の魅力も取り柄もない私には誰も用事などないので、名前を呼ぶ必要などないのだ。林間学校の「ほむらくーん」が唯一の例外である。

その頃、正月になるたびに年賀状を熟読したことを思い出す。私にとって、自分宛《あて》のメッセージの全てが貴重なのだ。たまたま同じ班の女の子からなど来ていようものなら、その文面を凝視する。勿論《もちろん》、今年もよろしく、くらいのことしか書かれていないのだが、内容の平凡さには目をつむって、その文字自体のなかに何か特別なメッセージが含まれていないかどうか考えるのだ。

その結果、この「よろしく」は凄《すご》く丁寧に書かれているような気がする、などと思って、落ち着かなくなる。もともと綺麗な字を書く子なのか、それともこれが特別に丁寧に書かれたものなのか、その一枚から判断しようとして苦しむ。比較するもう一枚があればいいのに。そっちの字がこんなに綺麗じゃなかったら、「これ」には特別に心が籠《こ》もっていることになる……。

貰《もら》った年賀状を異常に深読みするくせに、好意をもっている女の子に自分から特別なメッセージを書き添えようなどとは夢にも思わない。そんな勇気はない。いつまでも待っているだけ。

この性格は基本的に今も変わっていない。自分が愛されようという気持ちで全身がぱんぱんになっていて、相手の言動には異常に敏感。しかし、こちらから誰かに働きかけるということができないのだ。ちなみに私が去年出した本の帯には「白馬に乗ったお姫様はまだ?」と記されている。

これでは駄目だとわかっていても、どうしても躰が動かない。私は十年間通ったスポーツジムでとうとうひとりも友達を作れなかった。ダンベルを挙げたり下げたりするだけで、誰ともひと言も口を利かない私は「修行僧」と呼ばれていた。ちがうんだ。修行じゃないんだ。世のなかにはフィンランドに友達がいて鮭《さけ》の燻製《くんせい》を贈られたりするひともいるという。いったいどんな感じなんだろう。眩《まぶ》しい眩しい鮭の燻製。

二月十四日

高校生の頃、一年の初めにカレンダーをみて、二月十四日が日曜日だとほっとした。日曜日には学校はない。バレンタインデーの試練を受けなくても済む。期待してはいけないと思いつつ、どうしても期待をしてしまい、ひたすら緊張して一日を過ごした挙げ句に何も起こらないというあの試練を。だが、バレンタインデーが日曜日である確率は七分の一だ。残りの七分の六は月曜日や火曜日や水曜日などの平日なのである。

バレンタインデーが近づくと、テレビではデパートのチョコレート売り場の映像が流される。私はそれをみながら、あんなに沢山のチョコレートがいったいどこにゆくんだろう、と本当に不思議だった。ひとりがひとつ贈るとひとりがひとつ貰《もら》える計算だ。だが、このテレビではひとりが何個も買っているじゃないか。

そしてその日がやってくる。

朝、学校の下駄箱を開けるときに、どきどきする。ない。そうだろう。あるわけがないのだ。それから教室に入って、机のなかをそっと手でまさぐってしまう。ない。

そうだろう。あるわけがないよ。授業を受けながら、早く今日が終わればいいと願う。早く明日になればいい。明日は二月十五日。非バレンタインデーだ。

体育の授業のあと、教室に戻ってくる。なんだかもやもやする。もしや、私が教室を空けていた間に、何か異変が起きているのではないか。念のために、机のなかの暗《くら》闇《やみ》に手を入れてみる。ない。一応、鞄《かばん》のなかも。ない。そうだろう。あるわけがないって。

昼休みに廊下でトースケと話していると、女の子が近づいてくる。はっとして、思わず二、三歩下がってしまう。わざわざそんなことをするまでもなく、彼女は真《ま》っ直《す》ぐにトースケの前に進んでくる。頰《ほお》が紅潮して目がきらきらしている。

トースケがチョコレートを貰う間、いったいどんな顔をしていたらいいのか。どんな顔をしようが、誰も私のことなどみてはいないのだ。にも拘《かか》わらず、その時間の処理に苦しんでしまう。これは完全に無駄な緊張であり努力であり苦しみだ。その場をそっと立ち去ってしまいたいが、自意識が邪魔してそれすらできない。

後年、演劇をみるようになって、私はある種の役のひとに注目するようになった。それは「舞台の上にずっと出てはいるが長時間に亘《わた》って台詞《せりふ》のないひと」だ。当然、観客の視線は台詞を喋《しゃべ》っている役者に集まる。だが、私の目はひたすら「彼」を追っている。「彼」は表情やニュアンスだけで誰にも注目されない演技をずっと続けなくてはならない。非常にやりにくそうだ。そうだろう、と私は思う。難しいだろう。辛《つら》いだろう。だが、二月十四日の俺《おれ》はもっと辛かったんだ。

長い一日が終わる。

終了のチャイムが鳴った途端に、私は席を立って学校を出る。いつまでも残っていて、何かを期待しているのではないか、と思われるのが怖いのだ。勿論《もちろん》、誰も私のことなどみてはいないから、そんな心配は要《い》らないのだが心配なのだ。

家に帰り着いてほっとする。よかった。苦しかったが、とにかく帰ってくることができた。鞄を投げ出した机の上に何かの包みが置かれている。一瞬、どきっとして手に取ると、その下から「母より」の文字。目の前が真っ赤になる。だが、これは誰にも相手にされないみじめな自分への怒りなのだ。

夜、ベッドに寝ころんで漫画を読みながら、なんだか、もやもやしてしまう。まだ一日は終わっていない、と思う。何を云ってるんだ。さっきまで、早く今日が終わってくれと願っていたくせに。

だが、どうしても考えてしまう。まだ一日は終わっていない。どこかの誰かが教室で渡せなかったチョコレートを届けに来るかもしれない。

今にも、この窓に小石が当たるんじゃないか。

こつん。

不思議そうな顔で窓を開ける俺。

着ぶくれた女の子がこちらを見上げている。

目が合う。

緊張のあまり怒ったような顔で彼女は云《い》う。

「来ちゃった」

その手に握られた小さな包み。

私は慌てて上着をとって、それを羽織る。

階段を駆け下りて、それから……。

二月十四日の終わりに、来ちゃった、来ちゃった、来ちゃった、来ちゃったと呟《つぶや》きながら、私はひとり深い眠りに墜《お》ちてゆく。

夜の散歩者

二十代の頃、週に三回ほど近所のトレーニングジムに通っていた。いつも決まった時間帯なので、大体同じメンバーが集まっている。皆、自然に顔見知りになって話をするようになっていた。ところが、私だけはその輪のなかに入ることができない。

たまにダンベルの貸し借りなどで、誰かに声を掛けられることがあっても、「すみません。これ、いいですか」と敬語を使われてしまう。どうして俺《おれ》にだけ敬語、と思うが、おそらくはこちらの異様な緊張が伝わってしまうのだろう。

私よりもあとに入ってきた新顔も、すぐにその場に溶け込んで皆と仲良くなってゆく。ずっとさぼっていたひとがたまに顔をみせても、いよー、久しぶり、などと云《い》われて歓迎される。私だけが蚊帳《かや》の外だ。入れない、入れない、と内心焦りながら、それを知られるのが恥ずかしくて平気な顔をしてしまう。和気藹々《わきあいあい》とした空気のなかで、ひとり黙々とバーベルを挙げながら、十年ほどが過ぎた。今や私はそのトレーニングジムでもいちばんの古株で、けれどやっぱり誰とも話せないままだった。或《あ》る日、私はジムの人々の間で自分が「修行僧」と呼ばれていることを知った。ショックだった。

そんな体質のせいか、食べ物屋なども苦手である。入ろうとした店のカウンター辺りに黒っぽい塊《かたまり》がみえると、ひやっとしてドアから手を離す。危ない危ない。あれは「常連」だ。テーブルが沢山空いているのに、カウンターにいるのがその証拠。私は「常連」が怖ろしい。ひとりでもテーブル席に座るのが好きだ。

屋台のおでん屋さんなどに対する憧《あこが》れはあるのだが、どう注文して、お金を払えばいいのか解《わか》らないので椅子《いす》に座れない。一緒に歩いている女性が、「わあ、いい感じ。こういうところで食べてみたい」などと云いだすことがあるが、「じゃあ、入ろう」と云えずに、怒ったような顔になってしまう。本当は私も屋台で食べてみたい。でもファミリーレストランの方が安心なのだ。結局、むにゃむにゃ云いながら女性をココスに連れていってしまう。

「カーサが全部ココスになったんだよ。ココスはココスのままでね。だからココスの数は倍になったんだ」などと云いながら、私はドリンクバーで何度もお代わりをする。相手は退屈そうだ。そんな男よりも屋台で親爺《おやじ》さんと笑いあえる男の方がいいのだろう。私だってそう思う。だが、何が起こるかわからない屋台は危険過ぎる。連れの女性が他の客と仲良く話をし始めたらどうだろう。緊張と嫉妬《しっと》で、私は能面のように無表情になってしまいそうだ。皆で楽しく話せばいい。その通り。だが、私にはそれができないのだ。

そんな自分にとっての自然な居場所と思えるところはどこだろう。思いつかない。強いて云えばそれは場所ではなく、散歩という行為のなかにあるような気がする。私は会社帰りに三時間も四時間もひとりで夜の散歩をする。わざと道に迷うように歩く。路地を曲がって、その先が「なんだかいい感じ」だとどきどきする。あそここそ私の求めていた場所だ。だが、実際にそこに立っても何も起こらない。ちがう。ここじゃなかった、と思いながら、次々に路地の奥に入ってゆく。完全に迷ってしまって、タクシーで最寄《もよ》り駅まで行く羽目になることも多い。

真夏の夜に、スーツとネクタイ姿のまま、汗びっしょりで何時間も歩き続ける。本当に「修行僧」なのかもしれない。こんなにも狂ったように激しい散歩をする人間が私以外にもいるのだろうか。いったいここはどこなんだろう。辺りに何もない闇《やみ》のなかに自動販売機の灯《あか》りがぼおっと点《とも》っている。レモンジュースを買って飲む。レモンなのに手がべたべたになる。もう一本、今度はミネラルウォーターを買ってぺちゃぺちゃと手を洗っていると、胸が締めつけられそうに孤独で、でも自由なのだ。

Ⅱ

硝子《ガラス》人間の頃

中学生のとき、世界はとても静かだった。

いや正確には世界が静かなのではなく、自分の方がそこから隔てられていたのだ。全身を透明な硝子のようなものにすっぽり包まれて、私は無音のなかで暮らしていた。光が遠くで鈍く動いていた。

兄弟も友だちもガールフレンドもなく、クラブ活動も旅行もしたことがなく、勿論《もちろん》アルバイトの経験もない。辛《つら》い目にあったことなどないのに、私は世界を怖れていた。現実内体験がないのに、いや、だからこそだろうか、現実が怖かった。

躰《からだ》を包む硝子はそんな私を守っていたが、同時に世界に触れることを不可能にしていた。

夏休みのことを思い出すと気が遠くなる。それは巨大な、何もない時間の塊《かたまり》だった。

田舎《いなか》のおばあちゃんの家に遊びに行くとか、友だちと野球をするとか、ガールフレンドとお祭りに行くとか、私にはそういうことが全くない。「予定」というものがいっさいないのだ。

僕には何にもない、とぼんやり考える。だが、何かをしてみよう、とは思わない。

夏休みの間、私がしたことはただひとつ。自転車で駅前の本屋に行くことだけだ。そこで毎日六時間以上、立ち読みをする。何が読みたいのか、迷うことはなかった。本の点数が少なかったのか。それとも何でもよかったのか。読むのはいつも文庫本だった。『車輪の下』『魔の山』『キリマンジャロの雪』『白痴』……。

硝子越しでも本を読むことはできた。だが、読んでも読んでも何も感じない。硝子を通して読むと、感動などはみな脱落してしまうのかも知れなかった。

何も感じないものを、毎日六時間も立ったままで読み続けられたのは、どうしてなのか。わからない。でもたぶん、硝子人間には、飽きる、とか、疲れる、とかの感覚自体がないのかも知れない。

当時を振り返って、本屋の店員さんがそんな不気味かつ迷惑な客を見逃してくれたことを有り難く思うが、勿論、リアルタイムでは何も感じていなかった。硝子に隔てられて、ひとの心から三千里も離れたところにいたのだ。

後年、それらの作品を読み返したとき、あまりの面白さに驚いた。『車輪の下』も『魔の山』も凄《すご》いね、なんて面白いんだ、と感想を云《い》って、知人に「うん、どっちも世界的な名作だからね」と呆《あき》れられた。

何かに感動するひとは鈍感なんじゃないか、と今の私は思う。年をとった自分は鈍感になって、初めて『車輪の下』に感動できたのだ。

世界的な名作群に何も感じなかった中学生の私は、自分と同じような硝子人間をいつも心のどこかで探していたと思う。静かな静かな、限りなくこの世に「いない」ひと。

このひとは、と思う存在をみつけても、目で追っているうちに、そのひとは、すぐに友だちに笑顔を向けてしまう。その度に、ああ、ちがう、とがっかりする。硝子人間はそんなことはしないのだ。

今から振り返ると、現実世界に入れない私にとって、本屋は世界の玄関のような場所だったと思う。世界のなかで自分が辛うじて身を置くことのできる唯一の場所。私は、玄関で靴を脱ぐことも思いつかないまま、ぼんやりとそこに二十年近く立ち尽くしていた。

三十歳を超えたとき、あ、そうか、と思いついて靴を脱いであがってみた。それから十年かけて、廊下を二歩ほど歩いてみる。

今、四十二歳だ。この廊下の先はどうなっているんだろう。人々の声が聞こえる。笑っているみたいだ。みんなはそこで何をしているのか。私はもう少しだけ先に進んでみようと思う。だが、手には靴をもったまま、何か怖い目にあったら、すぐに玄関に引き返すつもりだ。

オリーブ

一九八〇年代の前半、私は平凡出版（現マガジンハウス）の雑誌たちの虜《とりこ》だった。「アンアン」「ポパイ」「オリーブ」「ブルータス」など、バブルの頂上に向かって吹き上げてゆく時代の追い風に乗って、どれもが強い魅力を放っていた。それらのうちの二百冊ほどが、二十年後の今も手元に残っている。途中で何度か処分した記憶があるから、本当に大量に溜《た》め込んでいたのだ。

二十代前半の私は、これは洗脳だよ、と思いつつ、それらの雑誌を買い続けた。なかでも、いちばん熱心に読んでいたのは少女向けの「オリーブ」である。何故《なぜ》「ポパイ」や「ブルータス」などの男性誌ではなかったのか。地味で冴《さ》えない私は、それらの世界に憧《あこが》れながら、どこかで現実の自分との落差を感じてしまったのだと思う。

「オリーブ」には、世界は夢のように新鮮で、そこには素晴らしいワンダーが溢《あふ》れ、こんなにも明日が待ち遠しい、という感覚が充《み》ちていた。手元のバックナンバーから見出しを抜き出してみる。

・クリスマス・ケーキ作ってあげるよっ！
・迷彩セーターでだましてしまう
・ナッツは頭脳をリスのように賢くします
・海ともっと友達になるための秘密兵器
・自動車選びはボーイフレンド選びとおんなじだ
・怪獣とだって仲良し
・瞬間接着恋愛セミナー
・夜明けにチーズケーキを食べれるコが男のコは好きなんだって
・おしゃれの手本はリカちゃん人形
・昨日までの恋、1万メートル上空を通過中

たとえそれらが自分の生活には縁のない少女のための記事であっても、いや、縁がないからこそ、私はその煌《きら》めきを浴びることで幸福になれた。誌面に込められた世界に対する夢と憧れは、少女の視線を借りることで大きく増幅されていたと思う。少女猫の視点で描かれた傑作漫画『綿の国星』（大島弓子）を思い出す。

大学を卒業して会社に勤めるようになってからも、私は「オリーブ」を通勤電車の

なかで読み続けていた。だが、三十二歳のとき、キヨスクでそれを手に取った瞬間に恥ずかしさを感じて買うことができなくなってしまった。それまで一度もそう思ったことはなかったのに。

バブルの崩壊後、マガジンハウスの雑誌たちは急速に説得力を失い、何度かリニューアルをした後で「オリーブ」は消えてしまった。そして「アンアン」は節約特集をしている。

数年前、中原淳一の「ジュニアそれいゆ」の復刻版を読んだとき、物の値段とブランド名とお店の記述がないだけであとは「オリーブ」とおんなじだ、と思った。世界への夢。明日への憧れ。「ジュニアそれいゆ」から「オリーブ」まで変わることなく持ち続けた私たちの想いが、二十一世紀に入った今、破綻《はたん》しかかっているのは何故なのか。明日への憧れに充ちた「ジュニアそれいゆ」のなかに、「清潔のために週に一度は髪を洗いましょう」という記事をみつけて胸が熱くなった。

馬鹿的思考

どんなかたちでも本は内容が読めればいい、と云《い》うひとがいる。真っ当な意見で、そう云いきれるのは羨《うらや》ましいのだが、私には最早《もはや》そうは思えなくなってしまっている。情報としてではなく、どうしてもモノとしてそれをみてしまうのだ。それもただのモノではなく、オーラに包まれたモノだ。

そういう目で本をみるようになると、読まないものも買ってしまうのが困る。文庫で読める詩集も、初版本でしかも詩句の一節が著者の自筆で入っていたりすると、特別な御利益があるように感じてしまうのだ。その本を部屋に置いておけば、長い時間のうちに少しずつ自筆部分を含む紙の繊維が空気中に流れ出して、それを吸い込むことで、私も詩人としてレベルアップするのではないだろうか。

オーラを求める心は、新本よりも古本、しかも定価より安い本には反応せず、高くなっているような本にときめくことになる。そこにはモノとしての付加価値が潜んでいるからだ。

際限なく買ってしまう危険を避けるために、手を出す分野を絞ることでなんとか欲望に対応しようとする。一応、専門に関連するという（自分を納得させるための）理由で、詩歌句集と絵本や童画、それからグラフィック関係と写真集は買ってもいいことにしているのだが、それ以外のジャンルでも誘惑に負けてしまうことがしばしばだ。

数年前、外出の途中で少し時間があったので、地元駅前の古本屋に入った。そこにはサンリオSF文庫がずらっと並んでいた。「八百円均一」という紙が貼《は》ってある。おおおっと思って、掘出液（掘出物をみつけたときに耳の下あたりから噴き出す液のこと）をどくんどくんと出しながら、『馬的思考』『熱い太陽、深海魚』『猫城記《びょうじょうき》』『口に出せない習慣、奇妙な行為』『氷』などを次々に手に取る。八百円、八百円、八百円、これも、これも、これも八百円だ。

収集分野外だ、とか、買っても絶対読まないぞ、とか、これから外出するところじゃないか、とか、反射的に自分の説得を試みるが、火がついてしまった心は止まらない。これもこれもと抜き取って、三十冊以上レジに運んでしまった。いくら一冊が八百円でもそんなに買ったらお金がかかる。置く場所もとられる。まず読むことはない。なのに手放せない。いいことがないのだ。結局、三十数冊の文庫本を駅のコインロッカーに入れてから、電車に乗る羽目になった。

夜、帰宅してから、ネットを検索して「サンリオSF文庫全リスト（入手難易度付き)」をプリントアウトする。そして、本日の獲物のなかにどれくらいレアなものが混ざっているかを確認して、どきどきしたり、うっとりしたりする。本読みとして明らかに邪道、しかし至福のときだ。

これもこれもこれも買えたぞ。待てよ、ここまでくれば、その気になれば全冊収集可能じゃないか、などと思考が暴走しはじめる。この段階では完全に集めることが目的化してしまうのだ。「全リスト」によって対象の全体像がみえたことで、その欲望に拍車がかかる。

その後は自分との戦いだ。ふらりと入った古本屋でサンリオSF文庫をみると、おっ、『パヴァーヌ』、これは……、とリストを開いて、難易度★★★★★だ、などと思って、つい手が出そうになる。一応、九百円以下の場合のみ買ってもいいことにしている。オール千円以下でコンプリートできるならまあいいのかな、と、いや、何がいいのかよくわからないのだが、自分に云い訳をしてみる。

サンリオSF文庫の場合とは逆に、収集対象の全貌《ぜんぼう》が全くみえないために燃えるということもある。大正から昭和初期あたりの童画はジャンル自体がまだ未確立で軽視されていたためか、一流の描き手の場合でも挿絵や装幀《そうてい》などの仕事に名前すらクレジットされていないことが多い。教科書とか雑誌の付録とか育児日記とか、思いがけないところに、どうみても武井武雄や初山滋というタッチが現れてどきっとする。発掘の楽しみがあるのだ。

それから、狩撫麻礼《かりぶまれい》原作の漫画。これもなかなか完全に集めるのが難しい。雑誌のみに発表された単行本未収録作品があることと、もうひとつは作者自身が次々に名前を変えて仕事をしているからだ。それを追いかけて、変名のセンスや作風から、これは狩撫だろう、と判断して買ってゆくわけだ。この時空を超えた（？）追いかけっこがロマンチックで興奮する。『時をかける少女』のようだ。

カップルお断り

高校生くらいのときだったか、デビューするアイドルの年齢が自分よりも下になったことに気づいて、あれっと思った記憶がある。そうか、僕もそういう年になったのか、と思う。天地真理、山口百恵ときて、私よりも年上（といっても一ヶ月だが）の最後のアイドルは松田聖子である。

七、八年前のことだったか、病院の診察室で「どうしました？」と訊《き》いてくれるお医者さんが、どうみても自分よりも年下にみえたとき、あれれっと思った。そうか、私もそういう年になったのか、と思う。女医さんの机の上にミッフィーちゃんのバッグが転がっているのをみて、どきどきする。

そして最近、自分よりも若いと思われる古本屋の店主をよくみかけるようになった。そうか、わしもそういう年になったんじゃのう、と思いかけて、いや、でもちょっとちがうよ、と思い直す。なんだか、これは自分の年だけの問題でもないようだ。

もしや、以前に比べて、若い古本屋さんが増えているのではないだろうか。知的で穏やかな青年、しかしどうみても店主というケースである。それに伴って古本屋という場の雰囲気にも変化がみられる。

少し前の古本屋さんには、ひとめみた瞬間に、おっ、頑固親爺《がんこおやじ》ですね？　と云《い》いたくなるようなタイプが多かった。そういう店に、例えばガールフレンドと一緒に入るのは大変プレッシャーがかかるのだった。

女連れで本が選べるか、ふざけるな、ちゃらちゃらすんな、喋《しゃべ》るな、本が腐る、という気配がむんむんなのである。男女関係と古本は排他の関係にあると固く信じているのだ。その証拠に、私は「カップルお断り」の張り紙のある古本屋を何軒もみた。あのう、夫婦もだめですか、と訊いている客もみた。

確かに、ここでその発言はやめてくれー、と思うようなことを云い出す女の子もいることはいる。「あれ？　これ、定価より高いよ」とか、「うわっ、古っ」とか。だが、世の中には古い本の魅力を知っている女性も沢山いるのである。

若い古本屋はその辺りのことに拘《こだわ》りがなく、対応が柔軟だと思う。そのような店には、女性と一緒に入ってゆっくり本を選ぶことができる。そもそも最近はネット関係の古本屋なども含めれば、女性の店主もしくはそれに近い存在も増えている。そういう店の棚はちょっと感触がちがっていて新鮮だ。

また新しいタイプの古本屋は、比較的夜遅くまでやっていることが多いのもありがたい。週末に神保町のニュータイプの何軒かを回って、仕上げに西荻窪《にしおぎくぼ》の夜中までやっている古本屋で変なBGMを聴きながら、本や絵はがきを眺めていると、いつまでもいつまでもこうしていたい、と涙ぐむような気持ちが湧《わ》いてくる。松田聖子は古本屋に入ったことがあるだろうか。

ファンレター

ファンレターを一度だけ書いたことがある。小学校三年生のとき、漫画家のみつはしちかこさんに出したのだ。当時、私は『小さな恋のものがたり』という作品を読んで、恋愛に憧《あこが》れていた。ストーリーのところどころにはラブポエムが挿入されており、その影響で自分もラブポエムを書くようになった。今も書いている。

ファンレターの中身は記憶が曖昧《あいまい》だが、最後の一行だけははっきり憶えている。「チッチとサリーとみつはしさんへ」だ。作中のキャラクターと作者を並列に置いたところがポイントだ、と子供心に思っていた。嫌な子供だ。返事は来なかったが、次巻の「北から南から」という読者コーナーに掲載されていた。

自分がものを書くようになってから、たまにファンレターを貰《もら》うようになった。内容的には穏やかなものが殆《ほとん》どで、エキセントリックなものは少ない。当然ながら、物書きによって、送られてくるファンレターの量や質は随分ちがうらしい。

友人の女性歌人のところには「法螺貝《ほらがい》の手紙」が送られてきたという。貝の「本体」にマジックでびっしりと文字が書かれていたそうだ。

「貴《あ》・女《なた》・に・ぴ・っ・た・り・の・法・螺・貝・が・手・に・入・っ・た・の・で・送・り・ま・す」

うーん、と思う。凄《すご》い迫力だ。それにしても、誰かに「ぴったりの法螺貝」というものがあるのか。思わず友人に訊《き》いてしまう。

「で、それはどういう法螺貝なの？」

「どういうって、まあ、普通の、大きな貝よ」

「自分に『ぴったりの法螺貝』って感じする？」

「わからない……」

「ひとめみた瞬間に口をつけて吹き鳴らしたくなるとか」

「ならない……」

また精神科医兼物書きのK先生のところには、さすがに（？）怪しい手紙が沢山届くらしい。「えんぴつがあぶないんですよ」と、先生は嬉《うれ》しそうに云《い》った。「あぶないひとは太いえんぴつが大好きだから、６Bとか、そういう手紙はあぶないんです」

はあ、そうなんですか、と一同、感心していると、先生は手帳の間から、人切そうに一枚の切手を出してきた。

「これ、そのなかでもいちばん危険なひとが同封してきたんです」

みんなで、じっとみつめる。緑色、鳥の柄、どうみても、これは……、普通の八十円切手だ。

「返信用にお使い下さいってことですよね？　ちゃんと常識あるじゃないですか」と、云うと、先生は私の目をじっとみて「僕、これ、嘗《な》めませんよ」と囁《ささや》いた。「何が塗ってあるか、わからないから、絶対、こんな風に嘗めたりしませんよ、僕」

ぺろーんと舌を伸ばして切手に近づけながら、そう云うとき、先生の目はきらきらきらきら輝いて、みている方がどきどきしてしまう。

きれいになる

あれはバブルの頃だったか、その後だったか、女性雑誌の特集で「セックスできれいになる」というものがあった。強気な主張に驚きつつ、本当にそんなことがあるのだろうか、と考えてしまう。「セックスできれいになる」とは、「恋をするときれいになる」のバリエーションだろうか、とか、ホルモンの分泌によってなるのか、とか、セックスで悟りに近づくという宗教がなかったか、とか。

だが、途中でふっと虚《むな》しくなる。どうやら自分には関係がないらしい、と気づいたのだ。「セックスできれいになる」の意味するところや真偽がどうであろうとも、結局のところ、それは読者である女性たちへのメッセージであって、私に向けられた言葉ではない。私のセックスやホルモンの分泌など初めから相手にされていないのだ。

そう思って、さみしい気持ちになる。

一方で、こんな意見がある。

幼い頃、鏡をのぞきこんでいるといつも父に叱《しか》られた。

「女の子は鏡を見るんでのうて、本を見て、きれいになるんぞ。」

「本を読んで賢くなる」ならわかるが、「きれいになる」って？　しかし、そう言うとき父の目はいつも真面目《まじめ》だった。

「嘘《うそ》でない。お父さんはようけ生徒を教えてきたけど、「きれいやなあ」と思う子は、みな、鏡や見んと本を見よう子やった。」

もともと本は大好きなのだから、それが本当なら願ったりかなったりだ。そういうわけで、高校を卒業して上京するまで、私の部屋にはちゃんとした鏡は一枚もなかった。

『海の人形』（入谷いずみ）より

このお父さんに「セックスできれいになる」という説を教えたらどうだろう。怒るだろうな、と思う。ではお父さんの意見は正しいだろうか。気持ちはわかるが、私には昔風の倫理観に基づく信仰、もしくは希望的観測に思える。実際には、余りにも本を読み過ぎると多くの場合、ひとはきれいから遠ざかるのではないだろうか。お化粧品を買うお金で本を買ったり、髪を梳《と》かす時間で本を読んでしまうからだ。

しかし、お父さんの意見はひとつの理想というかファンタジーとしてよくわかる。

お洒落《しゃれ》のことしか頭にないコスメマニアの女子高生がきれいでも、なんというか、そこには夢がないのだ。

梶原一騎《かじわらいっき》原作の漫画『愛と誠』において、美貌《びぼう》の大番長・高原由紀は愛用の投げナイフをツルゲーネフの『初恋』の中に隠していた。その行為の孤独さと横顔の美しさに、私は激しくときめいたが、それは生の緊張感の中で書物と美が結びつく幻をみた興奮だったのかもしれない。本の中にナイフが、という驚き。暗誦《あんしょう》される『初恋』。闇《やみ》を裂いて突き刺さる光。その美しい武器が化粧ポーチの中にあったのでは夢がないのだ。

うたびとたち

私は普段、短歌を主に書いているのだが、二十年ほど前に、初めて短歌関係者のパーティーに出たとき、平均年齢の高さに驚いた。それから、平均食欲の強さにも。高齢者の多い会であるにもかかわらず、立食形式で用意されたテーブルの食べ物がみるみるなくなってゆく。会の中盤にさしかかる頃には、ほぼ完全に消滅していた。

みんな、とにかく元気なのである。食欲が旺盛《おうせい》でフレンドリー、そして長生き、というのが歌人の特徴だ。『現代短歌大事典』(三省堂)には、「高齢歌人列伝」というコラムが載っているくらいである。

生命力の強さの反映だろうか、女性の場合は、髪が豊かで真っ黒で目がきらきらしているひとが多い。なんというか、髪の毛の先まで命がゆきわたっているような印象である。性格的な特徴としては、目の前の対象への共感性の高さが挙げられる。道端の仔犬《こいぬ》にかけよって抱き上げるようなタイプが多い。いつだったか、或《あ》る女性歌人との対談の途中で、目にゴミが入ってしまってしぱしぱしていたら、相手の方が、あらあらたいへんと云いながら、鞄《かばん》から目薬を出して点《さ》してくれそうになった。有り難かったが、申し訳ないので、目薬だけお借りした。

男性歌人の場合も、初対面なのに、まだ結婚しないの？　などと気さくに話しかけてくれる。結婚すれば本当の歌の心がわかるよ、とか。なんだか、親戚《しんせき》のおじさんと話しているようだ。

歌人は表現者としては珍しいほど素直で、男女ともにアイロニカルなひとが少ない。これらの特徴の根底にあるのは、「生命と自我の肯定」というものだろう。与謝野晶子、斎藤茂吉などの近代の大歌人のキャラクターを思い浮かべるとよくわかる。

やは肌のあつき血汐《ちしお》にふれも見でさびしからずや道を説く君　与謝野晶子

味噌汁《みそしる》は尊かりけりうつせみのこの世の限り飲まむとおもへば　斎藤茂吉

情熱の讃美、命への執着。だが、このような特徴は裏返すと、批評精神の欠如という弱みにも繋《つな》がりやすい。与謝野晶子の「君死にたまふことなかれ」は、戦争批判ではなく、生命肯定の視点から読まれるべきだろう。

数年前に、初めて詩人たちの座談会に呼ばれたとき、みんな、なんてクールで頭の回転が速いんだ、と驚いた。ここは外国か、と思った。

その後、小説家や俳人や編集者などと知り合うようになって、その度にそれぞれの人種のちがいを感じた。歌人と詩人と小説家と俳人と編集者を、別々の小さな部屋に五十人ずつ集めて、順番にそのなかに入ってみると、くっきりしたカラーのちがいが感じられて面白いと思うが、それだけの理由で二百五十人に集まって貰《もら》うのは難しい。

読書家ランキング

中学二年生までは、この世に自分よりも沢山本を読んでいる人間はいないと思っていた。今考えると、学校の先生などを含めて、身近にあまり本を読む人人がいなかったのだ。

高校生になって、学年で三本の指には入ると思い直した。大学で文学部に入って周囲をみまわすと、自分の読書量はどうやら中の上程度。

その後、ものを書き出してから知り合った人々は、殆《ほとん》どが私よりもずっと多く本を読んでいる。新聞の書評委員会などにいくと、どうしてそんなに読めるのかと思うようなひとばかりである。

私の読書家ランキングは下がりっぱなしだ。いや、読書はひとりの行為だから、ランキングなどを考えることは不純かもしれない。

そもそも読書量を正確に他人と比べるのは不可能なのだ。蔵書量は比べられても読書量は比べられない。

また年齢差がある場合は、その分を考えに入れる必要がある。今四十二歳の自分が、二十五歳や十七歳や八歳のひとに勝っていても自慢も安心も出来ない。

知人のなかでいちばんの読書家は誰だろう。評論家の高原英理《たかはらえいり》さんだろうか。驚くような読書量だが、彼によると、この世にはもっと読んでいるひとがいるということだ。去年亡くなった名物編集者の二階堂奥歯《にかいどうおくば》さんも凄《すご》かった。弱冠二十五歳にして、私の何倍もの本を読んでいた。

またSFとかミステリとか、ひとつのジャンルに特化したひとは、やはり怖いと思う。「SF者」とか「ミステリ者」とか云《い》う言葉があった筈《はず》だ。初めてその言葉を知ったとき、何かを命懸けで背負っているようなニュアンスを感じてびびった。「詩人」とか「歌人」なども一見、似たような人種分類に思えるが、実際は、詩を作る人、歌を詠む人ということだから意味合いが違う。「SF者」「ミステリ者」の場合は、むしろキリスト者とか忍者とかに近いと思う。

そう云えば、白土三平《しらとさんぺい》だったかの漫画のなかで、有名な剣客を野試合で一蹴《いっしゅう》した忍者が「強いといっても所詮《しょせん》は武士」と呟《つぶや》く場面があったと記憶しているが、SF者とSFの読み比べをする一般読書家は、この「武士」のような目にあう（命はとられない）おそれがある。

このような専門性がジャンルのレベルからさらに絞られてくると、例えば、漫画の世界における、楳図《うめず》かずおマニアとか山岸凉子マニアと云った作家限定の読み手の存在が浮上してくる。

実際に、つい先日、「日本三大楳図読み」という肩書き（?）を聞いて唸《うな》った。巨大な迷宮的才能を前にして、誰よりも深くその世界に入り込んで、初出を調べ、異同を明らかにして、意味を問い、影響関係を分析して、なお深くなる迷宮感を全身に浴びたいという欲望は理解できる。そのような想いに憑《つ》かれたひとを「楳図者」とでも呼ぶべきか。

仮想敵

「暮しの手帖《てちょう》」を買った。創刊号から七〇号までの一括で、一万六千円である。一冊約二百三十円。相場を知らないのだが、これは安いんじゃないか？　と思って反射的に買ってしまった。妻と二人で雑誌の塊《かたまり》を抱えてよろよろと歩きながら、今、この瞬間に「暮しの手帖」の創刊号から四〇号まで抱えてるひとは日本にいないだろう、とか、いやや、そんなに甘くはない、どこかの古本屋がひとりくらい運んでるだろう、とか、いや、「甘くない」って云《い》い方は変だ、などと云い合う。いい買い物をしたと思って、浮かれているのだ。

家に帰って、早速読み始める。創刊号のページをめくりながら、だんだん緊張してくる。作り手たちのこの雑誌に懸ける想いのようなものが、もの凄《すご》く「通っている」のだ。

はげしい風のふく日に、その風のふく方へ、一心に息をつめて歩いてゆくような、お互いに、生きてゆくのが命がけの明け暮れがつずい(ママ)ています。せめて、その日日にちいさな、かすかな灯をともすことが出来たら……この本を作っていて、考えるのはそのことでございました。

「暮しの手帖」創刊号「あとがき」より

昭和二十三年の言葉だ。同誌の名物編集長として花森安治《はなもりやすじ》の名前を記憶していたのだが、不思議なことに、奥付にその名前は見当たらない。編集部は女性ばかりである。だが、署名記事は大量に書いているので、やはり、この張りつめた空気を統《す》べているのは、彼の精神なのだろう。

二号、三号、四号と読み進むうちに、花森安治は私のような人間を絶対に認めないだろう、ということがひしひしと感じられてきてこわくなる。彼からみれば私のメンタリティは「こうだけはしたくなかった戦後の精神」そのものにちがいない。花森だけではない。折口信夫《おりくちしのぶ》も中井英夫も、真剣に「戦後」を夢見た人々には、私のロジックもレトリックも通用しないだろう。自分が凄いと思う人間について、向こうはこちらを認めてくれないだろう、否定されるだろう、と想像することはおそろしい。

その圧力に耐えようとするあまり、花森安治が憎くなってくる。仮想敵にみえてくるのだ。その精神に限界や穴はないものかと思って、歪《ゆが》んだ角度から「暮しの手帖」

に読みふける。何度かあたまのなかで論争をして、厳しく追いつめられる。思わず「大政翼賛会で宣伝コピーを書いてたくせに」と云い返して虚《むな》しくなる。その他大勢に紛れての批判。これでは駄目だ。彼は自ら「過去の罪はせめて執行猶予してもらっている、と思っている」と云っている。

まあ、相手はもうこの世にいないんだから、ゆっくり対策を考えよう。どんなに強度のある人間だって、完全に正しいってことはないだろう。どこかに隙《すき》はある筈《はず》だ。念のために、グーグルのイメージ検索で花森安治の顔写真を捜して震え上がる。こわい顔なのだ。

真の本好き

本や読書についての原稿依頼を受けて、何を書こうかと考えるとき、必ず同じ光景があたまに浮かぶ。電車のなかで本を読む女性の口元に微笑が浮かんでいる、というイメージだ。

みたこともない微笑。あんな微笑を浮かべさせるあの本はなんだろう。うつくしい装幀《そうてい》。みえそうでみえない書名。翻訳ものかどうかだけでも知りたいのにわからない。あのひとはどこで降りるんだろう。あのひとの降りる駅で僕も降りたい。そこには、夢のような世界が広がっているんだ……。

この話は過去に書いてしまったので、もう書くわけにはいかないのだが、自分が本について考えるとき、一度はここを通過しないと考えが先に進まないようなのだ。

これがユングの云《い》う「原型」というものだろうか、と思う。人種や民族を超えて刷り込まれた深い深い夢のパターン。

コラムの原稿とは違って、飲み会などでは何度同じ話をしても構わない。村さ来で天狗《てんぐ》で白木屋で和民で魚民で、私は昔からこの夢を何度も何度も語り続けてきた。

「電車のなかで本を読む女性の口元に微笑が……」

先日も、いつものように陶酔しながら熱く語った。

私が話し終えたとき、静かに聞いていた若い友人のひとりがこう云った。

「でも、『本』のイメージに必ず『女』がセットでついてくるというのは、真の本好きじゃありませんね。それは女好きです」

鋭い意見にショックを受ける。

では、これは人類共通の「原型」ではなかったのか。「女好き」と自分で云うのはいいが、ひとに云われるのは嫌だ。

「真の本好きなら」と彼は続けた。「『女』とか『微笑』とかの助けを借りることなく、純粋に本そのものにどきどき出来る筈《はず》です。それ自体が未知の世界への扉なんだから」

そ、そうか。

私は名誉を挽回《ばんかい》するべく、記憶のページを高速でめくってゆく。

「あ、あるよ、あるある。本だけでどきどきしたこと」

「どんなときですか」

「『愛の生活』の初版帯なしを以前百円均一で買ってもってたんだけど、その後、別の店で重版帯付きを百円でみつけてさ。その瞬間に閃《ひらめ》いたんだ。それを貰って帰って、帯だけ初版の方に巻き付ける。すると、ほら、僅《わず》か二百円で『愛の生活』の初版帯付き完本の出来上がり。重版から帯をはずして初版にそっと巻き付けるときの、あのどきどきは忘れられない……」

「ほむらさん」と若者は静かに私の空いたジョッキを指さした。「何か飲みますか」

ロマン文庫の皮剝《かわむ》き

上野の古本屋で『壹萬壹千鞭譚《いちまんいっせんむちたん》』を手に取ったとき、自分がそれを読まないだろうことはわかっていた。ギヨーム・アポリネール著、學藝書林《がくげいしょりん》編集部訳、學藝書林刊というもので、たしか三千円だった。角川文庫版の『一万一千本の鞭』は持っているし、そちらは読んだ記憶もある。詩人の書いたエロ本という興味から、同じ作者による『若きドン・ジュアンの冒険』と一緒に高校生のときに買ったのだ。『鞭』を改めて読みたければ、飯島耕一訳や須《す》永朝彦《ながともひこ》編もあるらしいから、そちらを買えばいい。

頭のなかでそう呟《つぶや》きながら、その本をレジに持っていってしまったのは、『壹萬壹千鞭譚』という漢字の列《なら》びに惹《ひ》かれたのだ。黒と白のシンプルな装幀《そうてい》にこの奇妙な文字を配した本を、オブジェとお守りの中間のような感覚で家に連れて帰りたくなってしまったのである。私は奇妙な言葉の書かれた美しいものに弱い。最近では『十三角関係』（山田風太郎）もそうやって買ってしまった。

一冊ずつ買っている分にはまだいいのだが、ほぼ同じ理由で買い集めた大量の富士見ロマン文庫やサンリオSF文庫が手放せなくて困っている。自分の本棚を眺めながら、決して読まないものがここにこんなにあるのは何故《なぜ》だろう、と不思議に思う。いや、勿論《もちろん》、買ったからそこにあるのだ。しかも、私はそれらの殆《ほとん》どを古本屋で定価以上の、ときには一冊六千円などという値段で買っている。しかもしかも、どうやらそれが定価以上だったからこそ買ってしまったふしがある。「読まないとわかっている本が定価以上の値段だったから買ってしまう」などということが何故起きるのか。もはや超自然現象である。

ロマン文庫は金子國義のカバー絵のついた黒い文庫本というところに惹かれる。サンリオSF文庫の方もひとつひとつの装画に魅力があり、『どこからなりとも月にひとつの卵』『馬的思考』『熱い太陽、深海魚』などという呪文《じゅもん》めいたタイトルにくらくらする。呪文めいたタイトルということでは、ハヤカワのポケミスもいいのだが、ポケミスの装幀はどれもポケミス（?）で、素晴らしいけど同じだから『ハヤカワ・ミステリ総解説目録』を買って納得した。ときおり開いては『ちか目の人魚』『睡眠口座』『地獄のきれっぱし』『グラマー』『弱った蚊』『うまい汁』『これよりさき怪物領域』『おめかけはやめられない』『一日の悪』『レモンは嘘《うそ》をつかない』『喉《のど》切り隊長』などというタイトルたちを眺めて、うっとりする。勿論、どれも読んだことはない。

サンリオSF文庫の方はまだ読む可能性があるが、ロマン文庫はまず読まないだろう。金子國義の絵が気になるなら、それらを収めた画集を買えばいいのだ。そう思って、実際に買ったのだが、何かがちがう。確かにロマン文庫の装画と同じ絵が収められてはいるが、そこには文庫のカバーにあるタイトル文字が入ってないのだ。当たり前と云《い》えばそうなのだが、私はやはり『男狂い』『マンマ』などの文字が欲しいのである。それなら文庫のカバーだけを外してスクラップブックなどにまとめて、本体は捨ててしまえばいい。これは良いアイデアだと思って、いつだったか、夜中にロマン文庫の皮剝きを始めたことがある。

ところが、そうやってオリジナルのカバー画集を作ってみると、やはり気持ちが納得しない。どうやら本の形態をとっていないと駄目らしいのだ。装画だけの問題ではなく、黒い文庫本、というところが重要だったらしい。重要といっても、何が重要なのかさっぱりわからないのだが、とにかく重要なのだ。私はいったん剝いたカバーたちを再び中身に被《かぶ》せ始めた。読まないとわかっていても、中身とカバーがばらばらでは気持ちが悪い。『男狂い』には『男狂い』のカバーを、『マンマ』には『マンマ』のカバーを、ひとつひとつ確認しながら正しいものを被せてゆく。こうして何時間もかかって、外が明るくなってきた頃、未来永劫《みらいえいごう》読まない本たちが元通りの姿になりましたとさ。

Ⅲ

「ね」の未来

高校生くらいまでは、一歳の年齢差がとても大きかった。クラブ活動の先輩と後輩の間には絶対的な厚さの壁があった。先輩たちが屋上からボールを落とす。我々一年生は校庭で待ちかまえていて、あちこちに散らばるボールを走って取ってくる、というようなことをさせられた。あれは何だったのか。訓練だ、と先輩は真顔で云《い》っていたが、いったいどういう訓練なんだ。天文部なのに。

ところが大学に入ると、依然として先輩後輩の壁はあるものの、同じ学年に現役と浪人が混ざってくる。必然的に、そこでは年のちがうひととも対等な友達としてつきあうことになる。年上の同級生とタメ口をきくのは、どきどきするような体験だった。

その後、年をとるにつれて、交友年齢の範囲はさらに広がってゆく。今、四十二歳の私が友達としてつきあっているのは、前後十年ほどの三十歳から五十歳くらいの人々だ。勿論《もちろん》、対等のつきあいであり、十歳下のひとにも、ボールを投げて、さあ、あれをとってこい、などと云ったことはない。

対象年齢が広がってゆくのは、友達だけではない。恋愛の場合も同様である。自分が十八歳の高校生のとき、五歳下は十三歳の子供だし、五歳上はもう二十三歳の社会人で相手にもされない感じだった。だが、今なら前後十歳くらいは充分誤差の範囲内である。

これはどういうことなんだろう。子供の頃の変化は急速だが、二十歳辺りで生物としての完成に近づき、以降の変化は緩やかになるということか。それによって年齢差の意味は大きく変わる。同じ二十歳の差でも、四十歳と二十歳のカップルは世界中に何万組もあるが、二十歳と零歳のそれはひとつもない。

年齢差のある恋愛のいいところは、話題などに多少のズレがあっても、お互いにそれで当然と思えることだ。なまじ年齢が近いと、ウルトラマン派か仮面ライダー派かで喧嘩《けんか》になったりする。十歳以上ちがえば、そういうことはまず起こらない。世代という大きな枠組みのちがいによって、価値観のズレが致命的な意味をもたないのだ。

と、楽観的に考えていたのだが、先日、知り合いの女性編集者から怖ろしい話を聞いてしまった。彼女は学生時代に二十歳年上の男性とつきあっていたらしい。

ふたりはとてもうまくいっていたのだが、あるとき、彼から来た一通のメールをみて、彼女は「醒《さ》めてしまった」のだという。

問題はメールの最後の一文にあった。

がんばってネ。


これをみた瞬間に、「あ、駄目、と思ったの」と彼女は云った。

何のことだか、私にはぴんとこない。「がんばってネ」、ごく普通の挨拶《あいさつ》ではないか。

「どこが駄目なの？」と私は訊《き》いた。

「『ネ』ってとこ」

「『ネ』？」

「うん」

「『ネ』のどこが駄目なの？」

「昔のひとって感じでしょう？　それまで年のこと全然意識してなかったけど、これみた瞬間に、やっぱり中身はおじさんなんだなあって思って」

そう云われても、現におじさんの私にはまだ納得がいかない。

「じゃあ、どうだったらいいの？」

「ここは『ね』でしょう」

彼女はきっぱり云い切った。

「がんばってネ」「がんばってね」

私は実際に紙に書いて比べてみた。彼女の云うことも、何となくわかるような気はする。しかし、これがそれほど致命的な問題なのか。

おそらくは、彼女の恋人も私と同じような感覚だったのだろう。無意識に、自然に、流れ出てしまった感覚の年齢差。だからこそ、若い恋人に「駄目」を出されたのだ。

返信のメールで、突然、別れを切り出された恋人はさぞ驚いたことだろう。自分の何が悪かったのか、どこに問題があったのか、全くわからないまま、ふたりは永遠にさようならだ。怖ろしい。


がんばってね。


あのとき、結びの言葉を、いや、末尾の一文字さえこうしておけば、ふたりの未来はちがったのだ。「ネ」を「ね」にするだけで拓《ひら》けたはずの、もうひとつの未来を思って、ふーっと気が遠くなる。

そう云えば、最近インターネット上で、若者たちの書き込みのなかに、また別の奇妙な「ね」をみかけることがある。どこが奇妙かと云うと、「がんばってね」や「待っててね」の「ね」だけが小文字になっているのだ。気持ち悪いと思いつつ、何となく見過ごしてきたのだが、この「ね」のことが、急に気になってくる。

この「ね」は何だ。どうしてこんなに小さいのか。こいつをうっかり大きくしたり、間違ったところで小さくしたりすると、どうなるんだろう。もしや、その一文字で、私の運命が決まったりするのか。未来がすっかり変わってしまうとか。そう思うと、なんだか、どきどきしてくるね。

いつも帽子

いつも帽子を被《かぶ》っている女友達と一緒に喫茶店に入った。おいしそうにチーズケーキを食べる姿をみているうちに、ふと思いついて訊《き》いてみる。

「二度と帽子を被らないか、二度とケーキを食べないか、どちらかを選ばなくちゃ駄目って云《い》われたら、どっちをとる？」

「誰がそんなこと云うの？」

「誰って……、東京都知事とか」

「どうして知事が私にそんなことを？」

「いや、だから、例えばの話だよ」

「二度と、ってことは、一生ってことだよね」

「うん、一生」

「食べちゃ駄目なのは、チーズケーキだけ？」

「ケーキ全部」

「うーん」

さんざん迷ってから、彼女は苦しそうに云った。

「無理。選べない。帽子もケーキも捨てられない。代わりに一生お肉とお魚を食べないじゃ駄目？」

「ええっ!?　帽子とケーキの方がお肉とお魚のチームより大事なの？」

「うん」

きっぱりしたその返事を聞いて、大事なものってひとによって本当にちがうんだな、と改めて感心する。

そういえば、いつだったか、高熱があるのにふらふらしながら飲み会にやってきたひとがいた。

「無理しないで家で寝てればいいのに」と私が云うと「だって、今日は只《ただ》でお酒が飲めるんだよ」と泣きそうな顔で云い返された。もともとお酒が飲めない私は絶句してしまった。「只酒」ってそんなにも重たいものだったのか。

私は帽子とケーキを愛する友達に向かって、恐る恐る自分の考えを伝えてみる。

「僕だったら、帽子を捨てるけど」

彼女は驚いたように顔をあげた。

「いいの？　ベレーもキャップも正チャン帽も二度と被れないんだよ」

「う、うん。もともと今までの人生の中で被った帽子って水泳帽くらいだし、その時あたまかゆくなったから」

「でも……、ほんとにいいの？」

「うん。宇宙人がやって来て、地球上の帽子はワレワレが全部貰《もら》ってゆく、帽子についてのキミタチの記憶も根こそぎ消す、って云われても平気だよ。あたまかゆくなった記憶が無くなるだけだから」

「どうして宇宙人が帽子を？」

「いや、だから、例えばの話」

「そう……」

ちょっと悲しそうに俯《うつむ》いた彼女の帽子はとてもよく似合っていた。

ベティによろしく

先日、アンティークショップで、一枚のクリスマスカードを買った。

夜の雪のなか、手に手に灯《あか》りを持って歩く小さな子供たちの姿が、柔らかなタッチで描かれている。濃紺の夜に銀の雪、そこにぼんやり点《とも》った灯りの色が綺麗だなあと思って、レジに持っていった。

その後、近くの喫茶店に入って珈琲《コーヒー》を飲みながら、カードを取り出してゆっくりと眺める。改めてみると、それは使用済みで、裏側には万年筆の文字が記されていた。

はしゃぎながら語りかけるような文面の結びは「暖かい、幸福なクリスマスを。ベティによろしくね」だ。薄れかけた消印をじっとみると、1904と読める。

一〇一年前……、そう思った瞬間に、私は眩暈《めまい》のような感覚に襲われた。

このカードを贈ったひとも受け取ったひとも、もうこの世にいない。「よろしくね」と云《い》われたベティも、もうこの世にいない。

でも、生々しい手書きの文字と優しい言葉は、今、確かにここにある。私の手のなかにあるのだ。「いない」と「ある」のふたつが強烈に響き合って、私はくらくらしてしまう。

一〇一年前の優しい気持ちは、いったいどこへいったのか。消えてしまった？　いや、それは確かにここにある。でも、愛の挨拶《あいさつ》を交わし合った彼ら自身は永遠に消えてしまった。

混乱した想いが、悲しいとも切ないとも怖いとも愛《いと》しいとも、ひとつの言葉にうまく結びつかないまま、くるくると回り続けて止まらない。

いったい私は何をどうしたいというのだろう。もしも私が万能の神様だとして、例えば、この三人を生き返らせたいのだろうか。それとも逆にこのカードの文字が、すうっと消えてしまうことを望むのか。

いや、そうじゃない、と思う。私はどちらも望まない。全てはこのままでいい。愛の言葉が記されたカードを手に、私はただ、二〇〇五年の今ここで、「くらくら」していたいだけだ。

そう、私は神様になりたくないだけなのだ。不意に、そんなおかしな考えが頭に浮かぶ。誰も私を神様にするなんて云ってないのに。

このカードを贈ったひとも受け取ったひとも、もうこの世にいない。「よろしくね」と云われたベティも、もうこの世にいない。

ただこのカードだけが、おそらく彼らが一度も訪れたことがなかっただろう日本の、私の手のなかにある。私はぼんやりと考える。ベティの髪は何色だったろう。

止まっている

夢の中の電話はいつもダイヤル式だ。大急ぎで連絡する必要があって、焦ってかけているのだが、最後の番号を回し終える直前に必ずダイヤルから指が離れてしまう。ジィィィッと戻ってゆくのをみながら、あああああ、また最初からやりなおしだあ、と絶望したところで目が覚める。汗びっしょりだ。我ながらスケールの小さい悪夢である。

夢の「外」ではもう何年もプッシュホンと携帯電話しか使っていないのに、「中」の電話はそうならないのが不思議だ。夢が深層意識の反映だとすれば、私にとっての電話はダイヤル式のまま止まっていることになる。実感をもってかけられたのがダイヤル電話までということなのか。

そう考えると、私の心の中で勝手に「止まっている」ものは他にも色々ありそうだ。例えば、プロ野球の球団名は大洋ホエールズや南海ホークスの辺りまでで「止まっている」。横綱は北《きた》の湖《うみ》まで。総理大臣は田中角栄まで。ジャニーズは江《え》木《ぎ》俊《とし》夫まで。

珈琲《コーヒー》はカフェオレまで。切符は硬くてパチンパチンと鋏《はさみ》を入れて貰《もら》うものまで。ジャンルによって時期がばらばらなのが妙だが、自分でも理由はわからない。

それ以降のものは、存在を知っていたり、実際に使ってはいても、なんというか、私の中に「入ってこない」のだ。オリックスブルーウェーブとかアサショーリューとかコイズミとかキムタクとかカプチーノとかパスネットとか……。

ひとつのジャンルについての感覚がどこで止まるのかは個人差が大きいだろうが、そのひとの属する世代にも関連しているように思われる。

「髪型」を例にとると、私の親の世代には「スキンヘッド」が理解できないようだ。母親などは私の友人の頭をみて「あれはわざと剃《そ》ってるのかい」と怖そうに訊《き》いてくる。「でも良さそうなひとだね」とフォローしたり。「でも」って何なんだと思って可《お》笑《か》しくなる。「でも良さそうだってさ」と当人に教えると、友人は頭を撫《な》でながら苦笑いをしている。母にとって男の「髪型」と云《い》えば「七三」までで「止まっている」のだ。

だが、彼女のことは笑えない。ふと辺りを見回すと、ダイヤル式の電話も南海ホークスも硬い切符も見当たらないではないか。「入ってきた」ものたちの多くが既にこの世から消えてしまって、「入ってこない」ものに囲まれて生きているわけだ。これを世の中の側からみると、消えかかっているのは私の方ってことじゃないか。怖ろしい。

いつかお金持ちになったら、特別に注文して、硬い切符と鋏を作らせることにしよう。元駅員のお爺《じい》さんにお願いして、それを切って貰うのだ。パチンパチンパチンパチンと空打ちの音も軽やかな駅員さんに切符を差し出して、半世紀振りにパチンと鋏を入れられるとき、どんなにどきどきすることだろう。

知らないこと

お風呂《ふろ》あがりに牛乳を飲もうとしていたら、叫び声が聞こえた。驚いて振り向くと、妻が私の手元を指さしている。

え？　と思ってみるが、驚くようなものは何も見当たらない。今、開けたばかりの牛乳のパックがあるだけだ。

「それって、そうやるものだったの？」

彼女は興奮して叫んだ。

「なんのこと？」

「牛乳のパックって、そうやって両側からぎゅうって押すとパカッて口が開くんだ!?」

「う、うん。知らなかったの？」

「知らなかった」

「じゃ、今まで、どうやってたの？」

「爪《つめ》でがりがり引っ掻《か》いてた」

「えええ？」とこっちが驚いてしまう。それは開けにくいでしょう。

「うん。でも、牛乳のパックって、そういう、人間の力ではどうしようもないもんだと思ってたよ」

そ、そうでしたか……。

だが、ふたりの立場が逆転することもある。先日、キッチンで食器を洗っていたら驚かれてしまった。

「ほむらさん、お皿、一枚ずつ、洗って濯《すす》いで拭《ふ》いてるの!?」

「だって、他にどうやるの？」

「普通は最初に全部洗ってから、一緒に濯いで最後にまとめて拭くでしょう？」

そうか！　なるほど、そうやった方が断然早く終わるね。知らなかった。

そんな話をみんなの前でしていたら、Sという友人がぽつんと云《い》った。

「大人になっても知らないことって、ほんと、あるよなあ」

その口調があまりに真剣だったので、思わず「Sは何を知らなかったの？」と訊《き》いてしまう。

「俺《おれ》、『おまんじゅ』だと思ってたんだ」とSは云った。

「は？」と一同顔を見合わせる。

「丸くて甘いのあるだろう」

「何、それ」

「もしかして、おまんじゅうのこと？」

「そうそう、俺、あれのことずっと『おまんじゅ』だと思っててさあ。三十三歳のときに偶然、真実を知ったんだ。ショックだったよ」

みんなは笑いを堪《こら》えるのに必死だ。

「それまでずっと『おまんじゅ』と信じてきたから、急におまんじゅうって云われても、ぴんとこないわけよ。ほら、女の人も結婚して苗字《みょうじ》が変わるとなんだか自分って感じがしないっていうじゃん」

「おまんじゅうと一緒にしちゃ、悪いんじゃないの」

「まあ、でも、気がついてよかったよな。下手《へた》したら一生『おまんじゅ』だったかもしれないよ」とひとりが慰めた。

おまんじゅうを「おまんじゅ」と思い込んだまま死ぬ。確かに、それは考えただけでも怖ろし……くないよ。ロマンチックだ。

母の漢字変換

母は近所のスーパーマーケットやデパートのことを「さん」づけで呼ぶ。「タケヤさん」「マルエツさん」「パルコさん」、彼女の口調でそう呼ばれると、なんだか人名っぽくきこえるから不思議だ。「丸井さん」は日本人。「ローソンさん」は外国人。「デイリーヤマザキさん」は日系二世か。全てが「さん」づけのこの感覚の奥にあるのは、我々の世代にはみられなくなった自然な性善説のようなものだと思う。

そう云《い》えば、昔、バラエティ番組のなかで大河ドラマのパロディをやっているのを、母は最後まで本物だと信じて観ていた。いつもの大河ドラマとどこかちがう、とは思わないのだろうか。途中で宮沢りえが電信柱を振り回すシーンがあって、そのときだけは、さすがに「あれ、あんなことして重くないのかね」と呟《つぶや》いていた。

私は思わず、いや、お母さん、あの電柱は作り物で、だから軽くて、と云うか、それ以前に、このドラマ全体が偽物で、と説明しようとして、すぐに諦《あきら》めた。母に「パロディ」という概念をわかって貰《もら》うのは、サッカーの「オフサイド」を理解させるのと同じくらい難しいことに気づいたのだ。

　だが、さすがは夫婦というべきか、父はそんな母とぴったりチューニングが合っている。いつだったかテレビの野球中継をみていて、「解説は『マサカリ投法』の村田兆治さん」というアナウンスがあったときのこと。「マサカリトーホーって何？」と、母が訊《き》いた。

　明らかに「トーホー」が漢字変換できていない様子に私は、一瞬、説明を躊躇《ためら》った。すると、長椅子《ながいす》に寝ていた父が、むくっと起きあがって、「これがマサカリ」と云って振り下ろす仕草をした。それから「これがマサカリ投法」と云って、ピッチングのフォームをやってみせる。

　それだけすると、父はまた長椅子にごろりと寝ころんだ。母が「マサカリ投法」を理解したかどうか、全く怪しいのだが、彼女はその説明（？）に大変満足したようだった。相手の理解力とか事前のコミュニケーション予測などを吹き飛ばす渾身《こんしん》の対話をみて、私は負けたと思った。

　自分の新しい本ができると、一応、母にも渡すのだが、感想などを云われたことはない。まあ、私の高度なポエジーや複雑な冗談をわかって貰うのは難しいだろう。それなりに読んで貰えればいいのだ。

　だが、母は母で、はっきりとは口に出さないが、どうも私の将来に希望があるようないものだ。それは「世界を股《また》にかけた国際弁護士になって欲しい」というとんでもないものなので、四十二歳で菓子パンが主食の息子のどこをどうみて、何をどう考えたら、そんな期待が持てるのか、全くわからないのだが、「おまえ、いつ、シホーシケンを受けるんだい」と真顔で云い出しそうでおそろしい。漢字変換できてないのに。

「この世」の大穴

落ち着いた雰囲気のカフェで珈琲《コーヒー》を飲みながら、買ったばかりの古本を開いて、幸せだなあと思っていた。そのとき、少し離れた席で赤ん坊が泣き出した。怒っているような泣き声だ。

周囲の大人たちが色々とあやしているようだが、全く泣きやむ気配がない。私は、うるさいな、と思って苛々《いらいら》しながら聞いていたのだが、そのうちになんとなく、負けた、という気分になった。感じのいい音楽が流れ、珈琲の匂《にお》いが漂っているこの快適な空間で、あんなに不満そうに泣き続けるなんて凄《すご》い。

赤ん坊にしてみれば、お腹《なか》が減ったとか、うんちを漏らしたとか、何か事情があるのだろう。だが、そのような原因が全くない可能性もある。産まれる前に比べて、単に「この世」の全てが気に入らないのかもしれない。

そう思うと、同じ空間のなかで幸福に満ち足りていた自分に、なんとなく自信が持てなくなる。

最近、葱《ねぎ》がおいしくなったのも不安だ。

二十代の頃は、食べ物全般に殆《ほとん》ど関心がなかった。ジャガイモ以外の野菜は、どれもなんのために存在しているのかわからなかった。特に葱などは、食べ物とは思えず、鍋《なべ》に入っている邪魔な飾りのように思っていた。

ところが三十代になった頃から、味覚に変化が起きた。まず、茄子《なす》がおいしく感じられるようになった。やがて、グリーンアスパラや韮《にら》や白菜が好きになり、四十を過ぎてとうとう葱の味がわかるようになってきた。

葱を噛《か》むと皮の間からうまい汁が出てくる。その汁は他の食べ物の味をも引き立てる。今では立ち食いのうどん屋などで「葱大盛り」と云《い》っている。

このような変化は、世界が豊かになるという観点からはいいことの筈《はず》だ、と思いつつ、その一方で、何故《なぜ》か、そういうかたちで「この世」に馴染《なじ》んでゆくことに後ろめたさを覚える。

学生の頃、札幌《さっぽろ》に何年も住んでいながら、ラーメンや蟹《かに》を食べることを一度も思いつかなかった。「サッポロラーメン」という言葉は知っていたが、自分は今サッポロにいる、だからラーメンを食べよう、とは全く思わないのだ。サッポロとラーメンが結びつかないまま、近所の喫茶店の生姜《しょうが》焼《や》き定食を何十回も食べていた。

今では、旅行に行く前に、あそこの土地には何かおいしいものはあったかな、何を食べようかなと考えたりするようになった。「名物」という概念自体が無かった二十代の自分が眩《まぶ》しく思える。

ラーメンも蟹も眼中になかった時代は、第一印象でひとの好き嫌いが決まっていた。好きなひとは好き、嫌いなひとは嫌い、一度好きだと思った相手を嫌いになることはなく、その逆もない。

ところが、近年はその精度があやしくなってきた。最初は、嫌だなと思ったひとも、その後の付き合いのなかで、いいところもあるじゃないか、と思うことが増えてきたのだ。さまざまなひとのさまざまな長所が目に入るようになってきた。

世の中には、いろいろな長所や魅力があるんだなあ、という感想を持つ。普通だ。だが、勿論《もちろん》、そちらが正しいのだ。心から他人を認められるようになったことを嬉《うれ》しく思う。

それなのに、ときどき不安になるのだ。今の私は、快適なカフェに満ち足りて、葱は大盛りで、札幌でラーメンと蟹を食べ、どんなひとにもどこかに良さがあると思う。この道はどこへゆくのか、とちらっと思ってしまう。

なんとなく、入賞しなかったパチンコの玉が、最後に同じ場所に吸い込まれるように、ひとつの大きな穴に向かってゆくところを想像する。

何ひとつ知らず、どんな考えも持たず、泣きながら産まれてきた自分の全てが、最後は世界の多様な豊かさという、「この世」の大穴に吸い込まれてゆく。これは錯覚か、妄想か。

学校を追い出されたり、神秘思想に近づいたり、めちゃくちゃだった筈のヘルマン・ヘッセが至った晩年の豊かな境地とは、この大穴とはちがうのだろうか。成熟後の赤毛のアンが手に入れた穏やかな幸福はどうか。

新聞などで、焼身自殺者や、とんでもない事件を起こして全く反省なしに死刑になった者の記事をみて、心を動かされることがある。それは本人の考えや事の経緯や幸不幸などとは別に、たとえそれがより悪い穴であっても、間違った穴であっても、とにかくその魂が最後の大穴にだけは吸い込まれなかったという一点の印象に関わっているようだ。

テレビ

若者たちは「カラーテレビ」という言葉を知っているだろうか、とふと思う。彼らにとってのテレビは「カラー」に決まっているからだ。或《あ》るいは、「チャンネルを回す」の「チャンネル」や「回す」はどうか。

今も「チャンネル」という言葉はあるが、それは、なんと云《い》うか、放送の回線のことだと思う。「チャンネルを回す」の「チャンネル」はそうではなくて、丸い把手状のモノのことだ。私たちはそれを実際に手でガチャガチャと「回して」いた。「チャンネル争い」とは互いの主張のぶつかり合いといった抽象次元の話ではなく、「チャンネル」をガチャガチャと回しては、回し返されて、またまた回し返すという肉体の戦いなのだった。

今から三十数年前、私の家に従兄弟《いとこ》たちが遊びにきた夜のこと、争いが白熱して「チャンネル」が「もげて」しまったことがあった。はっとして画面をみると、ドイツ語講座。私たちはショックで泣いた。未来永劫《みらいえいごう》教育テレビしかみられないと思ったのだ。バチだ。みんなで仲良くしなかったからバチがあたったんだ。

そのとき、私の父が「チャンネル」をぐいっと「はめて」くれた。「チャンネル」は再びガチャガチャと回るようになった。お父さんって凄《すご》い、と私は思った。

だが、大人になるにつれて熱心にテレビをみる機会は減ってきた。いや、大人だけではない。他の娯楽やメディアの発達した未来には、テレビをみるものなど誰もいなくなるのではないか。

そんな西暦二〇三八年に、私は老人ホームのロビーで昭和生まれの友人たちと一緒にテレビをみているだろう。オープニングは「スーパージェッター」。みんなはしゃがれた声を合わせて主題歌の大合唱だ。

「未来の国からやーてきた知恵と力と勇気の子、すすーめジェッター、嵐《あらし》をくだけ、はしれ流星まっしぐら、マッハじゅーごの、スーピィイドだあー」

それから「宇宙エース」「狼《おおかみ》少年《しょうねん》ケン」「レインボー戦隊ロビン」と続いたテレビ鑑賞会に、とうとうクライマックスのときがくる。突然、画像が乱れて、映し出されたのは「これ」だ。

「そのまましばらくお待ちください」

私たちは懐かしさに言葉を失って、画面をみつめたまま、ふるふると涙を零《こぼ》すのだった。

DVD

「次回はDVDについてのコラムをお願いしたいのですが」

編集長にそう云《い》われて、私は青ざめた。

「DVDですか」

「ええ」

「…………」

私が黙っていると、編集長は不安そうに云った。

「あまり、お詳しくないですか？」

「いえ」

私は慌てて否定する。

「DVD、わかります。なんとなく。あれは、確か、丸いでしょう？」

「え、ええ……」

「そして、銀色で」

「ええ……」

「硬い」

「………」

「大丈夫です。DVDです」

私は硬くて銀色の円盤に「DVD」と書いてある物体を想像した。それ以上のことはわからない。一体、何をするものなのか。だが、ここで弱音を吐くわけにはいかない。今こそ、詩人の想像力が問われるときだ。

私の勘では、たぶん、「DVD」とは「CD」や「MD」の仲間だと思う。「D」というところに面影がある。「CD」なら、触ったことがあるぞ。友だちの部屋で、薄いケースを開けようとして開けられなかった。

私に云えることは、つまり、こうだ。「CD」のケースは薄い、そして硬い。

友だちの「CD」のケースを開けようとして開けられなかったことが、私の「DVD」体験の全てなのか。なんというか、ものすごく遠い親戚《しんせき》の戦前の淡い初恋の思い出のようだ。

そんな私の車に乗ったひとは、必ず皆、「うわー、なつかしー」と声をあげる。何十本ものカセットテープが散乱しているからだ。カーブを曲がるたびに、後部座席や床を、ざざーっ、ざざーっ、とテープたちが流れてゆく。それらの中身は、松任谷由《まっとうやゆ》実《み》やＲＣサクセションや大滝詠一。世間が二十一世紀になろうとも、私の車のなかは永遠の八〇年代なのだ。

　私の車に転校生として一人の「ＤＶＤ」がやって来たら、どうなるだろう。なんだ、こいつ、ぴかぴかしやがって、とカセットテープたちに苛《いじ》められたりしないだろうか。そんな中で、ただ一人、テープの少女が「ＤＶＤ」を庇《かば》おうとする。二人は恋に墜ちる。

「でも、私、古くさくって恥ずかしい」

「そんなことないさ、君の音、とっても優しいよ」

　幸福な日々が過ぎ、けれども、とうとう「ＤＶＤ」が、二〇〇五年の世界に帰る日が来る。そう、彼は未来からの転校生だったのだ。テープの少女は、泣きながらかぶりを振る。私のこと、忘れないで、未来に帰っても。薄れてゆく「ＤＶＤ」の姿に向かって、彼女は精一杯、自分の「音」を届けようとする。

桜吹雪《さくらふぶき》

男と女の間の分かれ道を意識した記憶がない。
いつどこで道は分かれたのだろう。
気がつくと、女の子は女の子になっていた。
いい匂《にお》いのする女の子に。
そのとき、私は男の子になっていたのだろうか。
よくわからない。
が、たぶんそうなのだろう。
いつの間にか男の子になっていたのだ。
私が自然に男の子になったように、女の子は皆、自然に女の子になるのだろうか。
そんな私の呟《つぶや》きをきいて、その女性は云《い》った。
「ちがうよ」
氷のような声だった。

女の子はいつの間にか女の子になったりしない。

みんなで遊んでいるときに、ひとりだけママに呼ばれるの。

彼女は遠い目になる。

あの日、あたしたちは「遠山の金さんごっこ」をしていた。

順番に「金さん」になってワルモノたちの前で、がばっともろ肌脱いで「おうおうおう、この桜吹雪が目にはいらねぇか」

ママの声は優しかった。

「でも、あなたは女の子なんだから、あの『がばっ』はやめなさいね」

ナオくんもターくんも弟のコウちゃんでさえ「金さん」になれるのに、あたしだけがなれない。

いつまでもワルモノ。

周りの連中はいつの間にか声をひそめてすっかり女の子になっている
いったいいつの間に花を摘んできたのだろう

『少年は荒野をめざす』（吉野朔実）より

豊島区と身長

「見栄について」というテーマを頂いて考えるうちに、そもそも見栄ってどんなものだっけと思って、インターネット上の辞書で調べてみた。

みえ【見え／見栄／見得】
⑴見た目。外見。みば。みかけ。体裁。「—を飾る」
⑵人の目を気にして、うわべ・外見を実際よりよく見せようとする態度。《見栄》「—でピアノを買う」「—坊」（後略）

『大辞林』第二版より

ああ、そうか。だが、現実のなかで、ひとつの発言や行動をこれが見栄だとはっきり特定するのは案外難しいのではないだろうか。一見見栄と思える感情や態度が、実際には本人の向上心やプライドと隣接していたり、重なり合っていることも多いと思う。全く見栄を張らない人間が素晴らしいとも限らなくて、案外、どんよりした覇気のない存在かもしれない。

今までに、他人の言動をみて、これは見栄だなと感じたことがあっただろうか。思い出してみる。見栄、見栄、見栄……。あれはどうだろう。学生時代の女友達に久しぶりに会って、お互いの近況を語り合ったときのことだ。

彼女は結婚して家を買ったという。独身で親と同居中の私は感心して云《い》った。

「凄《すご》い。どこなの？」

「板橋区」

そう答えた彼女は早口で付け加えた。

「でも、あと二十メートルで豊島区なの」

一瞬、何を云われたかわからなかった。私は最寄《もよ》り駅を訊《き》いたつもりだったのだ。彼女の答では、駅はどこなのかさっぱりわからない。

今、振り返ってみると、この「あと二十メートルで豊島区」は、かなり純度の高い見栄だと思う。おそらく彼女のなかには東京二十三区の厳密な序列があり、その基準では豊島区は板橋区よりも「上」の区だったのだ。だが、埼玉県民の私にはその序列が理解できず、基準を共有出来ていなかった。そのために「あと二十メートル」という発言が、意味不明になってしまったのだ。

それにしても、もっとはっきりした差があるならともかく、板橋区と豊島区というのは余りにも微妙ではないか。

板橋区と豊島区の間に白いラインが引かれているわけではない。

板橋区には演歌が流れ、豊島区にはクラシックが流れているわけでもない。

板橋区にはたんぽぽの香りが漂い、豊島区は薔薇《ばら》の香りに充《み》ちているというわけでもない。

つまり、友達はどこにも存在しない幻のラインに心を縛られているのだ。彼女は決して悪人ではない。嘘《うそ》つきですらない。「豊島区」と答えてもばれることはないのに、正直に「あと二十メートル」と答えてしまった。そこが悲しい。

そんなことを考えているうちに、もうひとつの記憶が思い浮かんだ。「身長何センチ？」と訊いたとき、「159・4センチ」と答えた女の子のことだ。その答を聞いた瞬間、私はちょっとどきっとしたのだが、あれはなんだったのだろう。

159・4センチなんて、もう160センチではないか。少しでも小さく思われたかったのか、いや、そうではないだろう。あれは、なんというか、文字通り「等身大」の魅力を逆手にとった一種のテクニックにちがいない。ぎりぎり届かない数字を正確に告げる。彼女はその効果を知っている。「豊島区」の例と一見似ているようでその印象は正反対だ。実はこちらの方が悪質なのかもしれない。でも可愛い。

キスの重み

ふたりの唇のあいだにパラフィン紙をはさんでやるものとばかり思ってたら、〝馬鹿！　直接やるんだよ〟と、監督にいわれてびっくりしたもんだ。本番1回でNGはなかった。べつにキスの演技がうまかったからじゃない。それはなんとも下手《へた》なキスなんだが、山口さんもぼくも、本番1回でもって、もういやだといい出したからなんだよ。

「BRUTUS」増刊号「大スター時代」より

往年の二枚目俳優池部良の言葉である。彼は「暁の脱走」（一九五〇）のなかで、日本映画史上初の本格的なキスシーンを演じた。「パラフィン紙をはさんでやるものとばかり思って」いて「びっくりした」というのには、こちらがびっくりしてしまう。半世紀前の日本人にとって「キス」はそれほど重かったのだ。

ちなみに相手役の「山口さん」とは山口淑子《やまぐちよしこ》のこと。日本名山口淑子と云《い》えば、満州映画のスター李香蘭《りこうらん》である。戦時の日満をつなぐ懸け橋として政略的に生み出された国家的大女優。戦後は戦犯として銃殺になるところを危うく免れ、その後、ハリウッドに進出。彫刻家イサム・ノグチと結婚。離婚。外交官大鷹《おおたか》弘《ひろし》と再婚。自らも参議院議員として活動するなど、戦後生まれの我々には全く想像もできないスケールの人生を生きる女性だ。「暁の脱走」のとき三十歳。それが「本番1回でもって、もういやだといい出した」というところに新鮮さを感じる。

それから五十年が経って、今や街中にキスは氾濫《はんらん》している。デパートにも駅にも電車のなかにも。それは完全に日常の風景になった。だが、美しいキス、微笑《ほほえ》ましいキス、感動的なキスをみかけることは稀《まれ》である。それどころか、ピー、ピピーッ、そこのカップル、直ちにキスをやめなさい、うっとり顔をやめなさい、握手で我慢しておきなさい、と笛を吹きたくなることもある。キスが日常化することと、文化的なスタイルとして根付くことはイコールではないようだ。

今回、印象的なキスのエピソードを、という依頼を受けて、できれば映画や小説からではなく現実の例からと思って考えてみた。

思い出したのは、数年前に近所の公園に行ったときのこと。老夫婦がベンチに並んでパンを食べていた。ひとつのパンを分け合うように、ひとくち齧《かじ》っては、はいっと相手に渡す、貰《もら》った方はまたひとくち齧って、はいっと渡す、ということを繰り返している。

私は微笑ましく眺めていた。やがて、おじいさんの番になって、なかなか噛《か》み切れず、パンと格闘するように抱え込んでもがもがしているとき、そのつむじにおばあさんが、ちゅっと口づけたのだ。思わず、おおっと声が出た。おじいさんは、ん？　となって、きょとんとしている。おばあさんは知らん顔だ。

彼女はおそらく前述の山口淑子に近い世代だろう。誰もみていない、誰にも（キスの相手にすら）気づかれない、これ以上ないほどのさり気ないキスのなかに、ふたりの年月と「彼」に対する愛情がいっぱいに詰まっているのを感じて胸が熱くなった。

それ以来、白い杖《つえ》を持ったひとをみつめてしまう

三ヶ月ほど前に、人間ドックで目に異状が発見された。精密検査の結果、視神経に問題があり、このままだと失明の可能性があります、と云《い》われてショックを受ける。

今まで大きな病気をしたことがないので信じられない。痛くもかゆくもなく、自覚症状は全くない。だが、私の視野には既にみえていない部分があるらしい。こわい。

日常生活で気をつけることは特になし。現在の医学では目薬を点《さ》して進行を止めようとする以外に打つ手がないらしい。今までと変わらぬ日常の中で、ただ自分の気持ちの在り方と人生における優先順位だけが大きく変わってしまう。「失明しない」ことが後半生の最大の目的になったのだ。

それ以来、町なかや駅で白い杖を持ったひとをみかけるとじっとみつめてしまう。困っている様子のときは声をかける。迷いない足取りで歩いているときも、つい跡をついていってしまう。そのひとが心配だからというよりは、自分自身の未来をみるよ

うな気がして目が離せないのだ。

或《あ》る夜のこと、JR大塚駅の券売機の前に、杖を手にして立ち尽くす若い男性がいた。しばらくみていたが、全く動く様子がなかったので近づいて声をかけた。

「どちらまで行かれるんですか」

すると、男性はにっこりしてこう云った。

「あ、待ち合わせだから大丈夫です。ありがとう」

私は安心して、ホームに上がるために改札を抜けた。

そのとき、こちらに向かって歩いてくる流れの中に、白い杖をついた女の子が混ざっているのに気づいて、はっとする。女の子はゆっくりと私の横を通っていった。

思わず振り向くと、彼女は改札を抜けて、真《ま》っ直《す》ぐに先ほどの男性の方に進んでゆく。男性は気づかない。私は息を呑《の》む。ついに、手と手が触れる。笑顔が浮かぶ。何か話しながら、頷《うなず》きながら、ふたりは手を取り合って闇《やみ》のなかに消えた。

彼らが去ったあとも私はその場を動くことが出来なかった。「待ち合わせだから大丈夫」って、あの女の子のことだったのか。それって「大丈夫」って云うのか。

いや、でも、現にあの子は迷うことなく彼を探し当てた。小さな手が最初に触れたのは彼の手だった。どうして立っている場所がわかったのだろう。改札の左前方十五歩の位置とか、予《あらかじ》め決めてあったのか。それにしても。

ふたりは恋人同士なのか。お互いの顔をみたことがあるのだろうか。わからない。
だが、わかることがある。世界の闇の中で、ふたりは本当に「大丈夫」なのだ。

嘘《うそ》と裏切りの宝石

駅のホームで、椅子《いす》に座って新聞を広げている女のひとをみた。年齢は六十代くらいだろうか。銀髪の外国人女性である。背筋を伸ばした姿をかっこいいなと思う。そのひとの周囲には、彼女ひとりだけの時間が流れているようだった。

だが、考えてみるとこれはおかしな話で、本来は誰だってその人ひとりの時間を生きている筈《はず》なのだ。誰もが自分ひとりの死を死ぬ運命である以上、そうでしか有り得ない。にも拘《かか》わらず、我々の多くはその事実から曖昧《あいまい》に目を逸《そ》らして生きている。

そのために、なんというか、ひとりのオーラが身に宿らない。実際にひとりで行動していても、雰囲気はお昼休みの仲良しＯＬのようになってしまう。身のこなしのひとつひとつがひとりの宿命を感じさせるひとは稀《まれ》だ。

数年前に或《あ》る女性と仲良くなって、何度かメールをやりとりしていた。私は彼女に好意をもっていて、相手もそんな印象だった。このままいくとつき合えそうだと思っていた或る日、彼女から一通のメールがきた。そこにはこう書かれていた。

追伸
恋人ができちゃった。
裏切ってごめんね。

ショックだったが、腹は立たなかった。それどころか、彼女のことがますます好きになってしまった。「裏切ってごめんね」の文字を何度もみて、うっとりする。私はおかしいのだろうか。

彼女は私に嘘をついたことになる。少なくとも彼女自身はそう思っていた。「裏切って」という書き方でそれがわかる。そんな風に云《い》わずに、それまでの私との雰囲気をなかったもののようにして、恋人ができたことを伝えることも可能だったろう。そちらの方がむしろ普通だと思う。だからこそ、この「裏切って」が輝いてみえる。

敢《あ》えてそう書くことで、彼女は自分の「嘘」と「裏切り」を自ら確定してしまった。そこが美しい。その行為の背後にあるのは、ひとりの時間の濃さだと思う。

私はひとりの死を死ぬしかない自分の運命が怖いのだ。いつか必ずたったひとりの死は来るのに、それを待つだけの日常のなかで、小さなことにびくびくしながら、ひとりの時間を薄めて生きている自分が情けない。

だから、ひとりで駅の椅子に座って新聞が読めて、嘘がつけて、裏切れて、法律をも破れる女性に憧《あこが》れるのだと思う。その笑顔をみたら、逃れられない運命の恐怖が消えて、同じ定めのなかに未知の輝きが生まれるような気がする。

例えば、峰不二子。

ドレス姿の女盗賊はヘリコプターの縄梯子《なわばしご》に片手で摑《つか》まって、「ごめんね、ルパン」と微笑《ほほえ》みながら、夜空に遠ざかってゆく。

「そりゃないぜ、不二子ちゃん」「裏切り者」などと叫びながら、ぴょんぴょん跳ねて悔しがるルパンは、まるで喜んでるようにみえる。

大きな月を背景に獲物のエメラルドに口づける不二子は嘘と裏切りの塊《かたまり》であり、一個の生きた宝石のようだ。

嘘をつきとおしたままでねむる夜は鳥のかたちのろうそくに火を

あとがき

今はまだ人生のリハーサルだ。
本番じゃない。
そう思うことで、私は「今」のみじめさに耐えていた。
これはほんの下書きなんだ。
いつか本番が始まる。
そうしたら物凄《ものすご》い鮮やかな色を塗ってやる。
塗って塗って塗りまくる。
でも、本番っていつ始まるんだ?
わからないまま、下書き、下書き、リハーサルと思い続けて数十年が経った。

怖ろしいことが起こった。
川越の蔵造り資料館でのこと。

ミニチュアの蔵の解説を読みながら、ぷちっと抜いた鼻毛が銀色だったのだ。

これは？

しらが？

まだ、何も始まってないのに。

下書きなのに。

鼻毛が。

衝撃のあまり、私は一緒にいた女性にはいっとそれを渡してしまった。

「？」という顔に向かって、「しらが、鼻毛、しらが」と云《い》うと、彼女は銀色の小さなものを掌《てのひら》に載せたまま、固まってしまう。

鏡を借りて、おそるおそる覗《のぞ》いた鼻のなかは真っ白だった。

きゃあああああ。


その日から私の本番が始まった。

もう、鮮やかな色なんて云っていられない。

汚くても、下手《へた》くそでも、なんでもいい。

ぐちゃぐちゃに色を塗り始めたのだ。

恋人が凍りつくわがはつもののしらがはなげを手渡した朝

二〇〇五年五月

穂村　弘

解　説

三浦しをん

ひとから聞いた話だ。

ある冬の深夜、家へ帰るべく、谷中霊園のなかを歩いていた。なにも夜中に墓地を歩かなくてもよかろうにと思うのだが、彼の趣味は散歩だし、霊園内を通ったほうが近道だし、月も綺麗だったとのことなので、まあいたしかたない。

いい気分で園内の比較的大きな道を進んでいたところ、背後から足音が聞こえる。角を曲がってもついてくる。ちょっと不気味になって振り返ってみたら、おとなしそうな若い男だ。意味もなく「負けられん」という気になり、足早に振りきろうとしたのだが、男もスピードアップして、やっぱりついてくる。

冬だというのに汗ばむほどの速度で歩いた。もしかしたら、冷や汗も少し混じっていたかもしれない。背後の若い男は、なぜついてくるのだろう。偶然なのか、強盗なのか。

「なんなんですか、あんた！」と一喝したい気持ちが頂点に達したそのとき、男の気配がふいに消えた。どうやら十字路で、べつの道に逸《そ》れたようだ。

ちょっと考えたすえ、引き返して男のあとを追ってみることにした。勘を頼りに、「こっちへ曲がったのだろう」という道を選ぶ。道の両側には墓石が並び、月に照らされて木々の梢が黒く影を作っている。園内にはあいかわらず、生者の気配はない。

そろそろ追いついてもいいはずだというのに、男の姿はなかった。ちがう道を行ったのかもしれない、と諦めかけ、なにげなくかたわらの墓石の陰に目をやった。件《くだん》の若い男が全裸になって地べたに正座し、脱いだ自分の服を丁寧に畳んでいるところだった。

「うわわわわわっ」

と若い男は動揺して叫び、正座したまま全裸で飛びすさった。こちらとしてはもう声も出ず、なんだか申し訳ないような気持ちになって、ただ会釈してなにごともなかったふりで通りすぎるしかなかったのだった。

この話を聞いたとき、笑ってしまいながらも怖いと思った。

恐怖ポイントはたくさんある。真夜中の霊園。背後から迫る得体の知れぬ足音。真冬になぜか真っ裸。

しかし一番怖いのは、べつの道に逸れた若者のあとを、わざわざ追ってみる精神構造だ。

放っておけばいいではないか。相手は強盗かもしれないし、帰り道が偶然一緒だっただけの無辜《むこ》の市民かもしれない。いずれにしても、そういう人物のあとを追って、なんになるというのか。

しかし、この話をしてくれた彼は、追わずにはいられなかった。好奇心もあっただろうが、それ以上に、なにやら暴力的な衝動、破壊的なまでに自暴自棄な気分を感じ取ることができ、「こわいやっちゃなあ、あんた」と思うのである。

穂村弘さんのエッセイを読むと、同じ感覚に襲われる。つまり、「こわいやっちゃなあ、あんた」と思うのである（失敬）。

もちろん、穂村さんのエッセイはとんでもなくおもしろい。しかし、おもしろいだけではない蠢《うごめ》きも感じられるのだ。

遥かなる（失敬）キムタクへの道のり、「修行僧」と呼ばれてもつづけたジム通いなどを知るにつけ、ヘタレているようでいて、実は克己心《こっきしん》に満ちたひとなのだろうなあと推測される。克己心は、この世界に生きることを決して諦めない、という意志の力から生まれるもののはずだ。

私は諦めないひとが好きだ。ここで言う「諦めない」は、ただがむしゃらに「ネバーギブアップ!」と叫んで生きることではない。「あー、もうだめだ」「ホント最低の軟弱者だ」などと己れに悪態を吐きつつ、諧謔《かいぎゃく》を武器に低空飛行で生き延びるしなやかさのことだ。そういう意味での諦めの悪さと辛抱強さに憧れる。

なぜなら、正面からがむしゃらに切りこんでも太刀打ちできないぐらい、世界は理不尽と残酷にあふれているからだ。どうにもならない現実が立ちふさがったとき、「もういいや」と、がむしゃらな気力が折れて諦めてしまうか、「もうだめだ」と言いつつも、のんべんだらりとしつこく食い下がるか、生きる姿勢として大きなわかれ道になると思う。穂村さんは圧倒的に後者なのではないかと、エッセイを読んでいて感じる。

のんべんだらりと食い下がるためには、さきにも述べたとおり、「諧謔(=笑いと冷静な批評精神)」が必要だろう。

本書は冒頭の一編(「エスプレッソ」)からして諧謔に満ちており、爆笑せずにはいられない。「すぐ近くで喋っているのに、なんだか遠くから聞こえてくるみたい」な声だと評されるなんて、どんだけ生命力が弱いのかっちゅう話だ。にもかかわらず、穂村さんはそのあとまるまる一冊かけて、緩《ゆる》むことなく笑いと感動の波状攻撃を繰りだしてくるのだ。論理と感性の生命力は、なみなみならぬ強さである。

ちなみに私は、エスプレッソは絶対に注文しないと決めている。どうしてブレンドコーヒーと変わらぬ代金を払って、こんなに少量の苦い液体を飲まされねばならぬのかと腹が立つからだ。定食屋で、煮込みすぎたみそ汁が椀の底にちょろっと入って出てきたら、だれだって怒るだろう。「エクスプレス」的なかっこいい語感の飲み物だからって、いい気になるなよエスプレッソ、と思う。

まあ、エスプレッソについては置いておいて、諦めずに諧謔の心を持ちつづける秘訣はというと、どうやら冷徹なる観察眼にあるようだ。諧謔を生む観察眼は、世界に対する好奇心から生まれる。

穂村さんは生きにくい世の中に対して、それでも好奇心を抱きつづける。すぐれた観察眼で、世界を見据えつづける。観察の結果、残酷で理不尽なこの地上に、このうえもなく美しく貴いものが宿る瞬間があることを発見する。

たとえば、「それ以来、白い杖を持ったひとをみつめてしまう」の項だ。私は何度読んでも、どうしてもこのエピソードで涙が出る。人間のとても美しい部分と、なぜ穂村さんが諦めることなく世界を見据えつづけるのかという理由とが、これ以上なく端的に、文章の結晶となって表現されているからだ。

同時に穂村さんは、全編を通して世界に対する恐怖も描く。「こわい」と穂村さんは何回も言う。居場所のない感じ。楽しそうな人々と、透明なガラスで隔てられている感じ。

恐怖は怒りと暴力の呼び水だ。穂村さんご本人は暴力を振るうタイプではないだろうし、なにしろ「遠くから聞こえてくるみたい」な声の持ち主らしいから、怒りを叫びたくても囁《ささや》きにしかならないんだろうなと思う。でも穂村さんの内面に、怒りと得体の知れぬ衝動のようなものが確実にあることが感じられる。

それは、深夜の墓地で若い男を追って引き返すのと、同じ種類の蠢きではないだろうか。好奇心に裏打ちされた、無意味な暴発としか言いようのない行動。見てはならないものを見てしまうことになったとしても、とどめようのない暴力的な内側からの突きあげ。

黒々とした大きな穴が空いている。私たちを吸いこみ、残酷と理不尽に満ちたこの世界に安住させようとする、巨大な力に満ちた穴が。

そこへ落ちたら楽だとわかってはいても、吸いこまれたくない。諦めずに抗いつづけ、さびしくても一人、穴の縁にしがみついて見据えていたい。この世界には、うつくしい光景も存在しているから。穴に吸いこまれたら見えなくなってしまう、とてもうつくしい光景が。

穂村さんの内側で渦巻く怒りと衝動は、黒く大きな穴が発する吸引力に抵抗するためのエネルギーだ。ひとが一人で立つために必要な力だ。

さびしいけれど、諦めない。

穂村さんのしなやかな強さをエッセイから感じ取るたび、私は大笑いしながらも、「こうありたい」と心の底から願うのだ。

日本音楽著作権協会（出）許諾第０８０９００５－４０９号

この作品は二〇〇五年六月、集英社より刊行されました。

集英社文庫

本当《ほんとう》はちがうんだ日記《にっき》

2008年9月25日　第1刷
2024年9月11日　第9刷

定価はカバーに表示してあります。

著　者　穂村《ほむら》　弘《ひろし》

発行者　樋口尚也

発行所　株式会社　集英社
東京都千代田区一ツ橋2-5-10　〒101-8050
電話　【編集部】03-3230-6095
【読者係】03-3230-6080
【販売部】03-3230-6393（書店専用）

印　刷　TOPPAN株式会社

製　本　加藤製本株式会社

フォーマットデザイン　アリヤマデザインストア　　マークデザイン　居山浩二

ISBN978-4-08-746353-8 C0195